June

Giovanni Nkomane

Ukiyoto Publishing

All global publishing rights are held by

Ukiyoto Publishing

Published in 2022

Content Copyright © Giovanni nkomane

ISBN 9789360161279

*All rights reserved.
No part of this publication may be reproduced, transmitted, or stored in a retrieval system, in any form by any means, electronic, mechanical, photocopying, recording or otherwise, without the prior permission of the publisher.*

The moral rights of the author have been asserted.

This is a work of fiction. Names, characters, businesses, places, events, locales, and incidents are either the products of the author's imagination or used in a fictitious manner. Any resemblance to actual persons, living or dead, or actual events is purely coincidental.

This book is sold subject to the condition that it shall not by way of trade or otherwise, be lent, resold, hired out or otherwise circulated, without the publisher's prior consent, in any form of binding or cover other than that in which it is published.

www.ukiyoto.com

À toutes les femmes qui comme toi maman n'ont pas eu la chance de voir leur progéniture grandir.

Contents

Chapter 1	1
Chapter 2	12
Chapter 3	21
Chapter 4	30
Chapter 5	35
Chapter 6	43
Chapter 7	51
Chapter 8	67
Chapter 9	73
About the Author	*107*

Chapter 1

Je marchais sous la pluie dans une ruelle sombre, j'étais toute trempée et perdu au milieu de nulle part alors je n'avais qu'une chose en tête marcher jusqu'où le vent me portera. Au bout de quelques kilomètres la douleur envahit mes jambes à tel point que chaque pas était plus douloureux que le précèdent. Au bout d'un ultime effort je finis par m'effondrer incapable de bouger n'y même d'emmètre un cri de détresse sur le trottoir envahit par les eaux.

A son réveille Nancy se retrouva dans une pièce qui ne l'était pas familière. Elle avait des énormes maux de tête et une vision trouble dû aux rayons lumineux qui arrosaient la pièce. Après une dizaine de minute seule dans la chambre elle vit enfin un visage qui l'était familier se dessiner à l'horizon.

_ bonjour Ethan qu'est-ce qui m'es arrivée ?

_ Nancy tu as été percuté par une voiture en rentrant du boulot, tu as eu de la chance de t'en tirer qu'avec une légère commotion.

_ Ethan je ne veux plus rester ici ramène moi à la maison tu sais comment je déteste ses hôpitaux. Souffla Nancy toute fatiguée

À peine elle termina sa phrase qu'un jeune homme de grande de taille portant une blouse blanche fit son entrée dans la pièce.

_ bonjour monsieur, moi c'est Franck je suis le médecin traitant de votre femme.

_ bonjour c'est possible que vous nous laissiez sortir maintenant ? car ma femme veut retrouver le confort de sa maison.

_ nous attendons encore des résultats d'analyses mais…

Franck en parlant fronça les sourcilles alors Nancy su que quelque chose n'allait pas.

Ethan également de son côté remarqua le même phénomène mais il n'osait pas interroger le médecin pour en savoir plus de peur de tomber de haut.

Après des secondes de silence qui semblaient durer des heures Nancy rompu le silence qui régnait dans la pièce.

_ Franck que se passe-t-il ?

_ je ne voulais pas le dire ainsi mais hier lorsque vous êtes arrivée aux urgences, nous avons remarqué un saignement au niveau de votre appareil génital. Apres exploration nous avons conclu que veniez de faire une fausse couche. Nous sommes sincèrement désolés de n'avoir rien pour faire pour sauver la vie de votre bébé.

Cette nouvelle sonna comme un coup de marteau sur sa tête, Nancy n'en revenait pas elle était dans tous ses états. Criait bougeait dans tous les sens, elle était à la limite devenue folle.

Sentant la situation déraillée Franck lui administration une forte dose de sédatif pour qu'elle puisse dormir.

Durant tout ce temps Ethan assistait impuissant à la scène il était dépassé par les évènements. Il essayait de contenir son chagrin mais il finit par exploser en sanglot. Franck laissa la petite famille dans son coin le temps que tout revienne à la normal et s'en allant poursuivre sa ronde matinale. Dix heures plus tard Nancy n'avait toujours pas toujours reprit connaissance personne ne savait si c'était encore le sédatif qui faisait de l'effet ou bien elle refusait juste d'ouvrir les yeux pour ne pas se confronter à la triste réalité.

Cette journée fut l'une des plus difficile qu'ils durent traverser ensemble. Franck conseilla à Ethan d'aller se reposer un peu à la maison mais ce dernier ne voulut pas bouger d'un centimètre de sa bien-aimée et finit ainsi par passer la nuit entière à son chevet.

Cette situation dura deux jours qui semblaient être une éternité pour le personnel soignant de l'hôpital mais Ethan quant à lui ne voyait même pas le temps passer. Au bout de quelques jours pensant que tout était perdu Nancy finit enfin par se réveillée, elle était toute souriante et belle l'air insouciante on aurait dit un rayon de soleil mais elle semblait être amnésique ce qui corsait davantage la situation.

Ethan était dépassé par les événements mais à la fois heureux de revoir sa femme sourire et agir comme si de rien n'était ainsi ne voulant plus passer une seule nuit de plus dans cet hôpital, il s'occupa de tous les frais liés à la prise en charge de sa femme puis ils quittèrent les lieux. Après des heures passées dans un embouteillage monstre sur le pont du Wouri, ils finirent enfin par retrouver le confort de leur maison situé à Bali tout juste derrière les brasseries.

Ethan et Nancy louait un appartement de haut standing très jolie dans un immeuble que l'on venait de rénover. Une fois la porte d'entrée passer Ethan s'allongea sur le long canapé qui jutait l'entrée tandis que Nancy se mit aussitôt à faire le ménage, la vaisselle puis elle cuisina le diner et alla prendre un bon bain chaud histoire de se détendre.

_ Ethan le diner est servi !

Il arrivait à peine à tenir debout sur ses jambes vu la fatigue qui le titillait. Elle savait que sans un bon bain il ne pourrait pas reprendre des forces, alors avec un peu de volonté elle réussit à le transporté jusqu'à la salle de bain.

_ Nancy je suis déjà grand je pense que je peux prendre mon bain tout seul. _ j'essaie de te croire mais l'état dans lequel tu te trouves dit le contraire.

Il essaya encore une seconde fois de la dissuadée de partir mais tous ses efforts furent vains. À fin de compte Nancy obtenu encore ce qu'elle voulait et finir par prendre un bain avec lui. Après cela ils passèrent tout le restant de la nuit l'un blotti contre l'autre en espérant que cela dure pour toujours tout se rappelant de leur plus beau moment passé ensemble. Mais hélas au lever du jour chacun dû sortir du lit pour vaquer à ses occupations.

Nancy était institutrice dans une école pas loin de leur domicile alors elle n'avait pas trop à se gêner contrairement à Ethan qui devais faire un long trajet pour rejoindre sa structure au quartier logpom. Au boulot tous savaient ce qui l'était arrivée mais Nancy ne se sentait point dérangée par la situation à contrario elle rayonnait de joie de vivre ce qui étonnait plus d'un.

Son employeur lui proposa même de prendre des semaines de repos payés, mais elle refusa pour elle c'était juste de petites égratignures qu'elle avait eu dont rien de très grave. Nancy du haut de ses 1m 80 avait une taille de guêpe mais une poitrine très prononcée qu'elle essayait tant bien que mal de courir lorsqu'elle allait au boulot.

Elle finissait à 15h les cours qu'elle avait puis se dirigeait sans perdre de temps au marché le plus proche pour effectuer ses courses. Chaque fois qu'elle allait faire les courses elle revenait toujours avec une paire de chaussures en plus ou un bijou c'était systématique pour elle. Le mode était son péché mignon.

Ethan quant à lui rentrais d'habitude à 18h à la maison ce qui lui donnait un peu de temps pour cuisiner le diner et gérer toutes les taches de la maison.

_ bonsoir mon amour comment était ta journée ?

_ épuisante mon cœur, tu te rends compte que j'ai dû faire la ligne douala/Kribi aujourd'hui juste pour un contrat !

_ ah je suis vraiment désolé pour toi sinon tu l'as eu ?

_ j'ai fait tout mon possible mais l'offre met passer sous le nez.

_ ce n'est pas grave la prochaine fois tu l'aura je crois en toi et je sais que tu ne me décevras jamais.

_ merci bébé je sais que tu seras toujours là pour moi sinon toi comment s'est déroulé ta journée ?

_ c'était super juste que mon patron m'ait proposé des congés payés mais j'ai décliné son offre.

_ pourquoi l'as-tu fait ?

_ je ne veux pas mettre une pause sur ma carrière juste à cause de petites égratignures de rien du tout.

_ okay t'a certainement raison mais moi je trouve que t'a besoin de congé pour respirer un peu et te libérer.

_ Ethan j'ai dit non c'est non ! alors n'essayais pas de me dissuader du contraire.

Je n'ai pas besoin de congé, j'aime être avec ses petits bout de choux c'est trop te demander ?

Il vu dans ses yeux que ce boulot était enfaite pour elle tout ce que ce congé pouvait lui apporter à ses yeux. Il n'arrivait pas à s'y faire mais c'était la triste réalité. Elle passa toute la soirée remontée contre lui, il essaya d'arranger les choses mais elle n'était pas disposée à l'écouter. Chaque fois qu'il tentait une réconciliation tout dérapait de nouveau alors il choisit même de passer la nuit dans la chambre d'amis pour éviter tout accrochage durant la nuit.

Le lendemain Nancy fut sorti de son profond sommeil par le doux et subtile parfums d'une grillade. Pousser pas sa curiosité elle alla jeter un coup d'œil dans la cuisine et trouvant Ethan en pleine préparation du petit déjeuner, ne voulant pas signaler sa présence elle s'approcha tout doucement puis passer ses mains sur son visage pour lui faire une surprise.

_ bonjour mon ange comment vas-tu ?

_ dormir sur un lit n'ayant pas assez de traverse n'est pas chose facile mais je vais

Bien.

_ Ethan excuse-moi pour hier, j'ai trop pris à cœur le fait que tu veules que j'arrêter le boulot pour un moment. Mais après réflexion je pense revenir sur ma parole et accepter l'offre de mon patron.

_tu n'as pas à le faire, je n'avais pas le trop de t'imposer ma manière de penser, d'ailleurs si tu veux tu peux continuer le boulot cela ne me dérange pas.

_ okay mais j'insiste je vais prendre des congés tu n'y peux rien.

Ethan ne voulant pas encore créer une seconde guerre froide entre eux alors il l'embrassa puis lui murmura à l'oreille : tant que t'es heureuse je le suis aussi sache que c'est tout ce qui importe pour moi ! Nancy toute émue par ses mots le prit dans ses bras et ils finirent par coucher ensemble dans la cuisine.

Etant samedis Ethan n'avait pas obligations à se rendre au boulot et Nancy était libre alors ils passèrent toute la matinée ensemble blottie l'un contre l'autre. Lorsqu'elle eut un petit creux il allait prendre le petit déjeuner qu'il lui avait fait plutôt dans la journée. Elle avait droit à des grillades de porc accompagné de pain suivit d'une brioche au chocolat et un bol de salade de fruit. Tandis que lui mangeait plutôt léger comme d'habitude. Il avait juste des deux croissants, des œufs brouillés et un verre de lait juste de quoi entretenir son corps musclé d'apollon. Ils avaient prévu passer tout le restant de la journée ensemble mais Ethan dû s'éclipser lorsqu'il

Reçut un appel du travail très important.

À la maison depuis un certain temps il avait remarqué que chaque matin sa femme passait pratiquement des heures devant le miroir à regarder son ventre tout en le touchant. Mais lorsqu'il la surprenait, elle changeait immédiatement d'occupation en faisant semblant de toucher ses cheveux ou prendre un truc dans la penderie se trouvant derrière. Au départ il n'y portait pas trop d'attention à ses gestes car il croyant que cela allait lui passer. Mais au fil des jours il remarqua que cela devenait de plus en plus récurrent, il essayait de lui en parler à de nombreuses reprises mais chaque fois qu'il essayait d'aborder le sujet il n'y arrivait pas il se sentait comme bloqué.

Tout ce cirque dura un mois mais il avait toujours la ferme conviction que tout cela allait lui passer jusqu'à ce qu'il découvre des vêtements de bébé qu'elle avait acheté. Pour lui c'était trop alors le lendemain il lui proposa de retourner voir le médecin qui s'était occupé d'elle juste question de passer quelques examens de routine. Elle ne s'y opposa pas mais lui demanda tout d'abord de la conduire à l'école pour prendre une permission chose qu'il fit tout naturellement.

Une fois à l'hôpital ils durent attendre une heure à l'accueille pour finalement être reçu par le médecin Franck dans son bureau.

_ bonjour docteur

_ bonjour madame Nancy comment allez-vous depuis la dernière fois ? _ je me sens bien.

_ qu'est-ce qui vous amènes ici ?

_ nous sommes venus pour des examens de routine enfin de voir si tout va bien depuis l'accident.

_ okay je vous prie de me suivre.

Le médecin sortir avec Nancy de la pièce pour la conduire dans une salle de prélèvement enfin d'effectuer les tests. Après avoir rapidement fait les prélèvement Nancy retourna attendre à l'accueille avec son époux. Ils attendirent encore deux bonnes heures plus le médecin les invitants de nouveau à le suivre dans son bureau.

_ nous avons effectué les analyses et tout est correct, madame vous êtes en parfaite

Santé.

_ merci docteur d'ailleurs je me doutais de cela depuis, bon Ethan je pense que nous pouvons rentrer à la maison maintenant.

_ oui avance j'arrive je dois encore demander un truc vite fait au médecin. _ okay sans soucis.

Les deux jeunes hommes attendirent d'abord qu'elle sorte de la pièce pour commencer à discuter.

_ docteur je pense que ma femme à un problème !

_ elle croit toujours être enceinte ?

_ oui comment vous avez vous su ?

_ elle n'a pas arrêté de me parler de son fils d'après elle c'est un garçon d'ailleurs.

_ docteur est 'elle vraiment enceinte ?

_ je me suis également posé la question alors je lui ai fait passer un test et malheureusement il est négatif.

_ cela est impossible ? sinon qu'est-ce qui peut lui motiver à passer des heures devant le miroir à contempler son ventre et acheter des vêtements de bébé ?

_ une seule chose peut expliquer cela, après l'accident votre femme a un choc en apprenant la perte de son bébé alors pour essayer de remonter la monter la pente son cerveau a pris la décision de lui faire croire le contraire. Ce qui avec le temps a fait en sorte qu'elle développe des symptômes caractéristiques aux femmes enceintes. En médecine on appelle cela une grossesse nerveuse.

_ que puise dont faire face à cela ?

_ je vous conseillerais de vite lui dire la vérité en suite de la faire consulter un psychologue pour que tout revienne à la normal.

Ethan serra la main du médecin puis il alla rejoindre sa belle qui l'attendait depuis une demie heure dans la voiture. Il s'excusa brièvement puis alla la déposer à son lieu de service pour enfin pouvoir rejoindre le sien.

Il avait suivi le conseil du médecin mais tardais à le mettre en pratique, chaque fois qu'il

Essayait de lui dire la vérité il n'arrivait pas car elle était si gaie. Il ne voulait pas être celui qui mettrais fin à sa joie de vivre et sa bonne humeur alors il laissa le temps agir seul pensant qu'un beau matin elle finirait enfin par se rendre compte de la triste réalité des choses.

Deux mois s'écoulèrent mais la situation n'avait pas véritablement changé elle avait même empiré. Nancy avait des envies bizarres à des heures indues de la journée. Un soir elle réveilla Ethan pour qu'il aille acheter des fraises à 00h. il essayait de refuser poliment mais elle insistait de plus en plus alors il fut dans l'obligation de prendre la route à cette heure.

Par chance il connaissait un ami qui était le gérant d'un super marché de la place et ce dernier en avait chez lui. Le seul problème fut la distance car il habitait à pk21. Faire le trajet de

Bali jusqu'à pk21 n'était pas chose facile mais il réussit tout de même à mettre la main sur ces fraises et à rentrer à la maison. Lorsqu'il arriva il était à peu près 2H et demie, tout fatigué il tendit juste le bol de fraise à madame et retourna poursuivre son sommeil. À son réveille il se rendit compte que cette dernière n'y avait même pas toucher.

Dans tous ses états il lui demanda le plus poliment possible pourquoi elle ne les avait pas consommés et elle répondit qu'elle n'avait plus envie qu'après son départ elle s'était rendu compte qu'elle voulait plutôt des mangues. Ce matin Ethan dû user de beaucoup de maitrise soi pour rester tranquille. Après cette mésaventure tout se calma à la maison et Nancy modéra de plus en plus ses envies bizarres. Chaque jour qu'il rentrait du boulot il trouvait toujours plus d'affaire d'enfants déposer un peu de partout dans la maison. Au début cela n'avait pas trop d'importance à ses yeux mais un jour il rentra tout énervé à la maison se fut l'achat de trop.

_ Nancy qu'as-tu encore acheté pour vider pratiquement mon compte en banque ?

_ je marchais dans la rue en revenant du marché et je suis tombé sur un

Magnifique berceau alors j'ai immédiatement craqué je suis désolé. _ combien il a couté ?

_ je pense 50milles...

_ je me répète combien il a couté ce fichu berceau ?

_ 300milles francs Ethan.

_ qu'as-tu acheté d'autres ?

_ deux ou trois babioles de rien du tout, d'ailleurs voici la facture ? _ okay ils t'ont déjà livré ?

_ non ils m'ont parlé de demain.

_ d'accord ça tombe bien je vais les appelés tout de suite pour annuler les achats.

Nancy comment as-tu pu dépenser autant d'argent pour des choses sans importance ?

_ comment ça chose sans importance, dont notre fils que j'attends ne sert à rien ?

_ et voilà ! madame se croit enceinte et là j'aurais tout vu, bouge je veux aller m'échanger.

Il bouscula Nancy pour rejoindre la chambre mes celle-ci ne lui lâcha pas d'un pouce.

_ Ethan je suis enceinte de 5 mois tu devrais le savoir depuis !

Ethan resta calme l'observa parler puis il s'approcha d'elle saisit ses bras lui fixa dans les yeux et lui dit avec un énorme chagrin murmura

_ Nancy t'es -pas enceinte ton test de grossesse est sorti négatif.

_ Ethan cesse tes bêtises sinon qu'es ce qui explique mes courbatures, nausées et

Tout le reste ?

_ tu es sujette à une grossesse nerveuse Nancy revient sur terre notre petite fils est mort lors de ton accident.

Nancy n'arrivait à se faire à l'idée alors elle essaya de se justifier par tous les moyens pour le faire entendre raison mais Ethan était ferme sur ses dires. Fatigué par ses cris Ethan alla s'allongé dans la chambre d'amis pour récupérer un peu. Une fois dans celle-ci il essaya de trouver le sommeil mais il n'y arriva pas il s'en voulait d'avoir été aussi directe alors il retourna la voir pour s'excuser.

En traversant le couloir menant aux chambres il entendit des gémissements et cris alors il se hâta de rejoindre Nancy dans la chambre. Une fois dans celle-ci il la trouva allongé à même le sol, elle avait des bouffées de chaleur et n'arrivait pas à respirer. Prit de panique il l'allongea sur le lit puis lui demanda de respirer doucement le temps que les urgences arrivent. Mais elle ne faisait que criée : il arrive, il arrive c'est trop tôt.

_ Nancy calme toi et respire, les urgences arrivent tout ira bien. _ Ethan c'est trop tôt, le bébé arrive qu'allons-nous faire ?

_ Nancy cesse un peu ton déni t'es pas enceinte, tu vas le comprendre finalement quand ?

_ j'ai perdu mon bébé après l'accident c'est ça ?

_ oui j'ai essayé de te le faire comprendre à de multiple reprise mais je n'y arrivais Pas. Je suis désolé.

Sur le choc Nancy perdit connaissance, Ethan essayait de la faire revenir à elle mais il n'y arriva pas. Ne voyant pas les secours arrivés il la transporta dans sa voiture pour la conduire jusqu'à l'hôpital général où elle fut prise en charge directement au service des urgences. Ethan passa toute la nuit éveillée aux urgences guettant à chaque fois si Nancy réagissait au traitement mais à chaque fois la réponse fut la même.

Nancy resta dans cette état une bonne journée puis elle finit par se réveiller mais elle semblait avoir perdu la raison. Les médecins pensaient que cela n'allait pas durer un long moment mais contre tout attente son état perdurait et empirait plus les jours passaient. Sur conseil de son médecin traitant Nancy prit un rendez-vous avec un psychologue et celui-ci lui diagnostiqua un début de démence.

Ethan n'en revenait pas, sa femme qui jadis était si forte, souriante, radieuse venait de devenir l'ombre d'elle-même. Elle passait ses journées à la maison à s'occuper d'une poupée qu'elle prenait pour son fils. Elle négligeait son apparence et ne prenait plus du temps pour s'occuper de la maison, dans tout ce drame Ethan meurtrie par la situation fut obligé de l'interner dans une clinique privé spécialisé de la capitale.

Chapter 2

Deux mois déjà que tout avait basculé dans le quotidien du couple. Nancy avait passé trois longs mois dans une clinique spécialisée mais ne voyant pas de résultats et étant à bout financièrement Ethan décida de la ramenée à la maison. Il prit une femme pour le ménage et la cuisine pour ne pas avoir à le faire de retour du boulot.

Nancy avait quant à elle littéralement changé elle ne s'alimentait plus correctement, prenait plus soin de son hygiène corporelle et parlait très rarement. Elle passait toute la journée à porter et bercer une poupée qu'elle prenait pour son fils, elle lui avait même trouver un nom et l'appelais David comme son défunt père qu'elle perdit étant encore toute petite.

Elle avait abandonné la chambre parentale et dormait désormais dans la chambre pour amis comme s'il n'avait jamais rien eu entre elle et Ethan. Tous les jours lorsqu'il rentrait du travail il essayait de discuter avec elle mais elle ne l'écoutait pas. Il en souffrait énormément mais était impuissant face à la situation.

Il passait toutes ses journées libres à la recherche d'une solution mais tout ce qu'il essayait ne fonctionnait pas. Il lui arrivait souvent de passer des nuits à veiller sur elle les larmes aux yeux. Il n'arrivait toujours à croire à chaque fois qu'il la regardait qu'elle était belle et bien la Nancy qu'il avait connu dans le passé.

Déjà deux mois qu'elle était de retour à la maison mais Ethan avait l'impression que son

État empirait alors il prit un rendez-vous chez le psychiatre. La convaincre à le suivre n'était pas chose aisé mais au bout d'une heure elle ne finit pas accepter d'entrer dans sa voiture et une demie heure plus tard ils étaient arrivés au cabinet du psychiatre.

Après un court instant passé dans la salle d'accueil ils furent finalement reçus par le docteur auguste.

_ bonjour monsieur Ethan comment allez-vous ?

_ bonjour monsieur auguste je vais bien mais s'agissant de madame ne cava pas j'ai l'impression que je vais la perdre définitivement. Nous avons tout essayé allant des thérapies, séances d'hypnoses, anti dépresseur et même des traitements traditionnels mais toujours rien.

_ monsieur Ethan durant tout le séjour de votre femme ici nous avons fait de tout notre possible pour l'aider à remonter la pente mais rien n'a été concluant. Sa situation est psychologique elle a besoin d'un suivi rigoureux et surtout savoir que vous êtes là pour elle malgré tout. Nous pouvons lui faire suivre toutes les thérapies du monde, lui faire prendre tous les médicaments du monde mais sans votre amour tout cela ne servira à rien. Je ne sais pas si cela peut marcher mais essayer, déclarer à nouveau votre flamme, parler avec elle car je pense qu'elle a simplement besoin de vous.

Le conseil du psychiatre paraissait anodin mais vu la situation Ethan ne pouvait plus rien reléguer au second plan. Il serra la main du médecin puis sortir de la salle en compagnie de Nancy. Une fois à la maison ils trouvèrent Ashley la meilleure amie de Nancy qui les attendait depuis des heures perchées sur le balcon de leur appartement.

_ bonsoir Ashley comment vas-tu ?

_ je vais bien et vous ?

_ moi je vais bien mais ton ami ce n'est pas trop ça. Bon excuse-moi attend j'ouvre la porte on va s'assoir et discuter sereinement.

Il déposa les courses qu'il avait fait en rentra pour ouvrir la porte d'entrée puis installa Ashley au salon le temps de mettre un vêtement un peu plus décontracté.

_ Ashley comment était ton séjour à paris ?

_ plutôt enrichissant j'ai appris beaucoup de chose et obtenu mon doctorat en médecine à l'université de Montpellier.

_ c'est super maintenant que comptes-tu faire ?

_ j'envisage poursuivre mes études en me spécialisant dans un domaine que pour le moment je n'ai pas encore choisi.

_ tu comptes revenir t'installer au pays ?

_ j'aimerais bien mais j'ai obtenu un poste de médecin généraliste au CHU de Lyon alors je compte juste passer quelques semaines avec vous.

_ super et ton petit ami ?

_ nous ne sommes plus ensemble depuis un an déjà sinon toi comment vas ? et Nancy j'ai appris que vous traversez une mauvaise passe.

_ je ne saurais te contredire, depuis pratiquement quatre mois Nancy est devenue folle en quelque sorte. Elle ne parle plus à personne, ne prend plus soin d'elle et crois que cette poupée est notre fils.

_ avez-vous vu des spécialistes ?

_ oui mais tous donnent le même verdict, pour eux elle ne pourra pas retrouver la santé temps qu'elle ne l'aura pas voulu.

Ashley essaya de cacher sa tristesse par tous les moyens mais elle finit par verser des larmes en voyant ce qu'était devenu sa meilleure amie avec qui elle partageait absolument tout. Un silence de monstre s'installa par la suite dans la pièce. Après une demie heure passé à observer Nancy Ashley proposa de lui faire prendre son bain. Ethan n'y vu aucun inconvénient car il devait faire la cuisine était donné que la bonne n'avait pas travaillé de la journée. Ashley n'avait pas prévu dormir avec eux

Mais vu la situation elle préféra y passer la nuit pour veiller sur Nancy et permettre à Ethan de dormir un peu sans se soucier de quoi que ce soit. Durant la nuit elle entendit des bruits provenant de la chambre qu'occupait Nancy alors elle alla voir de plus près.

_ Nancy que fais-tu éveillé si tard ?

Nancy ne parlait pas, elle tenait sa poupée serrée contre elle.

_ Nancy ce n'est pas un bébé c'est une poupée je tant pris reviens à toi. Je ne t'ai jamais connu comme ça, tu as toujours été forte peu importe les épreuves que nous avons eu à traverser.

Ressaisi toi !

Après avoir terminé de parler Ashley la prit dans ses bras puis elle alla se recoucher.

Après le bref séjour d'Ashley Ethan remarqua que la situation avait un peu changé à la maison car Nancy délaissait un peu plus sa poupée mais elle était encore très silencieuse. La situation à la maison emphatisait déjà sur l'état de santé d'Ethan et ses performances au boulot. Il était plus très concentré au travail ce qui lui coutait de gros contrat et comme si cela ne suffisait pas il devenait insomniaque à force de passer ses nuits debout.

Il sentait qu'il ne pouvait pas durer longtemps dans cette situation alors il voulut y mettre fin le plus vite possible. Vendredi qui suivit le départ d'Ashley il demanda à la ménagère d'amener sa femme faire une balade pendant que lui resta à la maison. À leur retour deux heures plus tard les deux jeunes dames furent accueillies par un parfum envoutant de lilas qui se baladait dans la pièce. En jetant un coup d'œil de gauche à droite elles remarquèrent qu'il avait pris le soin de décoré la maison entièrement. La décoration florale de la pièce était principalement rouge, mais à certains endroits on pouvait trouver des touches de blanc matérialisé par des roses blanches. Il avait même pris le soin de les utilisés dans la confection de petits pots de fleurs et également de s'en servir pour recouvrir le sol de leurs pétales.

Pour le repas il avait commandé un traiteur Italien qu'aimais beaucoup Nancy et il se mit sur son trente un tout en essayant d'être sobre et décontracté pour l'occasion. Il remercia la bonne qui avait pris de son temps pour l'aider puis installa sa femme à table tout près de lui.

_ chérie surprise ! j'ai fait tout ceux-ci juste pour toi. Je tenais à te faire plaisir car ça fait un bail que nous n'avons pas passer un moment en amoureux. Je sais que cette perte t'a beaucoup touché mais je voudrais que tu saches que je serais toujours à tes coté.

Nancy resta silencieuse un long instant puis Ethan l'invite à danser. Elle était réticente mais il l'obligea à le suivre. Une fois debout il fit un pas vers elle, passa sa main gauche dans ses cheveux puis sur son visage le tout en garda le regard fixer vers elle. Elle avait le regard fouillant elle essayait de se libérer mais il ne voulut pas la laisser s'en tirer aussi facilement.

Il s'approcha un peu plus d'elle jusqu'à ce qu'il ressente son souffle qui l'effleurait le visage. Ils restèrent dans cette position une bonne demie heure puis il la serra dans ses bras et l'embrassa. Après cela Nancy le repoussa et alla s'installer dans un coin de la maison. Elle ne cessait de répéter : <<non, non, non cela n'est pas vrai mon fils est bien en vie Ethan dit moi que j'ai raison>>.

Ethan resta en retrait puis s'approcha d'elle, s'assit à même le sol et la prit dans ses bras tout en lui disant.

_ j'aimerais te dire le contraire, crier haut et fort que notre fils est encore en vie et se porte à merveille mais malheureusement cela n'est pas le cas. Nancy je suis désolé mais tu dois comprendre que notre enfant n'est plus en vie et vivre avec cela.

_ Ethan que vais-je devenir maintenant ? j'ai encore perdu notre enfant pour la énième fois d'affiler.

_ je sais que c'est douloureux mais ce n'en fait pas pour autant la fin du monde.

_ j'ai 28ans toi 32ans nous sommes mariés depuis 6ans et cherchons également un enfant depuis tout ce temps. Ethan depuis lors je ne cesse pas de faire des fausses couches, je suis à bout je veux plus te perdre du temps divorçons.

_ je ne le ferais jamais car je t'aime et ensemble on trouvera une solution d'ailleurs tant que t'es avec moi je ne me lasserais jamais d'essayer d'avoir un enfant avec toi. T'es mon épouse et ça pour la vie.

Nancy avait les larmes qui lui brulaient le visage, mais elle essayait tout de même de regarder Ethan dans les yeux et de lui sourire. Elle le serras dans ses bras puis l'embrassa. Cette nuit fut l'une des belle que le couple passa ensemble Nancy était enfin revenu à elle et semblait enfin avoir réussi à tourner une lourde page de sa vie.

Dès le lendemain matin Nancy avait recommencé à s'occupé de la maison et à prendre soin

D'elle ainsi que de son marie. Elle avait perdu son boulot à cause de sa maladie alors elle devait se trouver une nouvelle occupation pour ne pas sombrer dans l'ennuie.

Ethan avait remarqué qu'elle passait toutes ses journées a trainé dans la maison alors il organisa de nombreuses sortis et voyage pour lui faire changer d'airs. Mais à chaque fois qu'il programmait un truc elle trouvait toujours un truc des plus idiot à faire comme arroser les fleurs, refaire le ménage ou faire le repassage du linge propre.

Au bout d'un moment il sut que quelque chose n'allait pas avec elle alors il chercha un moyen pour qu'elle puisse lui parler sans craindre une quelconque réaction de sa part. le lendemain matin il prit son déjeuner comme d'habitude avec son épouse puis alla au travail car il avait une rude journée à affronter. Etant le propriétaire d'une agence évènementielle il devait se tourner les pouces pour avoir des contrats. Le dernier en date qu'il avait obtenu était avec une entreprise marocaine.

Nancy était allongée sur le canapé du salon entrai de regarder une émission de cuisine à l'environ de 15H lorsqu'une personne sonna à la porte. Elle n'attendait personne alors elle n'alla pas ouvrir la porte se disant que la personne faisait certainement erreur car cela arrivait fréquemment dans leur immeuble. Mais la personne insista à de nombreuses reprises alors elle envoya la bonne voir qui s'était. Après avoir passé un quart-heure à discuter avec la personne la bonne rentra avec un gros bouquet de fleur.

_ Sophia qui c'était et d'où viennent ces fleurs ?

_ madame ce bouquet est pour vous et ce jeune-homme dit être votre chauffeur.

Elle prit le bouquet de fleur c'était des tulipes elle le sentit un instant puis prit le mot qui l'accompagnait pour le lire. Sur celui-ci était écrit : je t'aime et je t'attends bisous à plus !

Elle ne comprit pas directement le mot alors elle alla parler à l'homme qui l'avait amené pour avoir un peu plus de lumière sur cette histoire.

_ bonjour monsieur

_ bonjour madame comment allez-vous ?

_ je vais bien et vous ?

_ je vais bien.

_ quelle est l'objet de votre visite ?

_ on m'a donné la mission de vous conduire quelque part.

Nancy essaya dans savoir plus mais le jeune ne fut pas très bavard alors elle alla se préparer pour découvrir ce dont lui cachait toute cette mise en scène. Elle prit son bain puis enfila une mini robe fleurie ayant un décolleté plongeant qu'elle prit la peine de cacher légèrement avec une écharpe en soie.

Elle avait les cheveux au vent alors elle opta pour un postiche et des escarpins noir pour donner de l'allure à sa tenue. Après une demie heure passé en voiture elle arriva enfin au lieu du rendez-vous. Une fois sur les lieux on lui indiqua que sa

Table se trouvait sur la terrasse. Le cadre était vraiment paradisiaque, le restaurant huppé et la déco chic.

Après s'être installer elle commanda un verre de limonade et attendit la mystérieuse personne qui lui avait concocté tout ça. À peine cinq minutes de passé au restaurant une personne vint s'assoir avec elle.

_ et là pour une surprise s'en est une, chaque jour je comprends un peu plus pourquoi je t'aime.

_ je sais, sais tu as tiré la perle rare. Comment te sens tu présentement ? _ plutôt bien le lieu est calme, conviviale et charmant.

_ okay car depuis un temps je t'ai plus senti aussi à l'aise dans un lieu autre que la maison.

_ en fait Ethan depuis la période difficile que j'ai traversé j'ai perdu toute estime de moi, j'ai du mal à me regarder dans le miroir, du mal à supporter le regard des gens. Je veux changer un peu d'air pour me ressourcer et retrouver la confiance en moi que j'avais dans le passé.

_ ce que les autres disent ou pensent de toi n'a vraiment pas d'importance à mes yeux et ne devrait pas également avoir de l'importance aux tiens. Preuve mon

Amour pour toi après tout ça c'est démultiplier alors je pense que tu devrais faire comme moi.

_ je n'y arrive pas j'ai tout essayé je suis à bout.

_ ok si tu le dis on trouvera certainement une solution ensemble.

Ethan quitta sa chaise et lui fit un baisé sur le front ensuite ils commandèrent le diner. Ils prient ensemble du foie gras de canard pour le plat principal, pour le dessert Nancy prit du tiramisu tandis que Ethan prit un fondant au chocolat. Après s'être régalé ils savourèrent une bonne bouteille de vin rouge puis il prit le chemin du retour à l'environ 22h.

Le jour suivant elle se réveilla sans Ethan à ses coté il avait voyagé très tôt le matin pour se rentre à limbe pour signer un contrat très important pour son entreprise. Comme c'était samedi la ménagère était de congé alors elle devait faire le ménage elle-même mais à sa grande surprise tout avait déjà été fait jusqu'à son petit déjeuner. Elle voulut suivre le conseil que son mari lui avait donné la veille alors elle alla faire les courses seules pour la première fois depuis qu'elle était revenu à elle.

Dans la rue on la pointait du doigt mais elle faisait tout son possible pour paraitre relaxer et détendu. Sur le chemin du retour elle eut l'idée d'aller se faire belle chez son coiffeur favori alors elle profita de moment qu'elle soit dehors pour faire tout

Ce qu'elle voulait. Le salon était bondé de monde alors elle passa toute la journée à attendre et lorsqu'elle finit enfin par être coiffé, il était déjà trop tard pour qu'elle puisse cuisiner un truc alors elle rentra à la maison et

Commanda une pizza.

Elle attendu Ethan pratiquement toute la nuit mais il ne se pointa pas, voyant l'heure avancé elle décida d'aller se coucher. Jusqu'à ce qu'au environ de 2H elle fut réveillée par le bruit d'une clé dans la serrure alors elle bondit aussitôt du lit. Une fois au salon elle tomba sur Ethan :

_ bonsoir mon amour je suis désolé de t'avoir réveillé si tard. Lui lança Ethan en lui faisant une bise sur le front.

_ non ce n'est pas grave dit moi plutôt tout comment était le voyage et le contrat tu l'as eu ?

_ le voyage était épuisant mais il en valait la peine car j'ai obtenu le contrat. _ super on doit fêter ça !

Elle l'embrassa puis alla mettre le reste de la pizza au micro-onde.

_ je réchauffe la pizza tu en veux un bout ?

_ oui j'ai un petit creux.

Il alla s'échanger pendant qu'elle contrôlait le micro-onde pour ne pas que la chaleur fasse fondre entièrement le fromage. Lorsque que le repas fut prêt elle l'apporta à Ethan dans la chambre. Lorsqu'il prit le plat il remarqua qu'elle avait fait des dreadlocks qui allait jusqu'à la fin de petite nuisette sexy qu'elle portait.

Ne voulant pas manger seul il lui proposa de se joindre à lui mais elle refusa vu l'heure alors il lui mit du fromage partout sur le visage. Elle toute énervée alors elle fit pareil et ils se mirent à jouer sur le lit puis lorsqu'ils finirent par être l'un contre l'autre le baisé fut inévitable. Ils se mirent à s'embrasser se caresser puis il lui murmura à l'oreille : j'ai une surprise pour toi !

_ Ethan ne gâche pas tout continuons tu me parleras de ça plus tard là nous essayons à nouveau de faire un bébé.

_ non je suis sérieux j'ai une surprise pour toi.

_ okay bon accouche !

_ nous allons déménager.

Nancy fut aux anges et l'embrassa tout en le serrant fort dans ses bras car elle en avait déjà rallé bol de cet immeuble dans lequel ils vivaient déjà depuis pratiquement 6ans.

Chapter 3

Le jour suivant l'annonce du déménagement Nancy n'attendit même pas de connaitre le Lieu exact pour commencer à faire ses bagages. Elle était surexcitée plus qu'une gamine devant un pot de glace. Elle demanda à de nombreuse reprise le lieu exact de leur déménagement mais Ethan voulait encore garder cela secret le temps de mettre tout en ordre à l'agence. Cette nouvelle avait été comme une bouffée d'air pour Nancy, elle était devenue toute radieuse et avait mis ses problèmes de côté.

Vendredi matin elle fut réveillée par un doux baiser d'Ethan qui lui apportait le petit déjeuner qu'elle prit au lit, ensuite ils prirent leurs douches ensembles. Chaque fois que le moment s'y prêtait elle essayait de le questionner mais en professionnelle il faisait tout à chaque fois pour réussir à l'interrompre en l'embrassant. Après la douche elle mit une de ses chemises et alla s'installer au salon pour suivre les informations.

_ Nancy tu comptes sorti dans cette tenue ?

_ ma tenue à quoi de mal ? que je sache j'ai nulle part où aller alors je m'habille comme je le sens.

_ ok si tu le dis. Bon rend moi ma chemise je voulais la porter pour t'amener quelque part où j'irai finalement seul.

Elle se leva le rattrapa avant qu'il entre dans la chambre et posa sa main sur son visage.

_ chérie où voulais-tu qu'on aille ?

_ je suis désolé mais tu ne le sauras pas temps que tu resteras dans cette tenue.

Il enleva ses mains de son visage essaya de miner une grimace puis entra dans la chambre.

Elle resta l'attendre au salon jusqu'à ce qu'il sorte. Il essaya d'ouvrir la porte mais elle s'interposa entre la porte et lui l'empêchant de sortir.

_ bébé laisse-moi parti si toi tu veux rester à la maison.

_ non tu veux aller voir une de tes maitresses c'est ça ? alors sache que tu n'iras nulle part.

Ethan fit un pas en arrière et éclata de rire Nancy se sentant bête libera le chemin et lui demanda de parti mais ce dernier refusa de sortir il s'installa également sur le canapé et commença même à déboutonner sa chemise.

_ tu peux parti j'ai libéré la voie.

_ je ne sors plus je reste à la maison avec toi comme tu le souhaites. _ non tu peux parti t'a certainement des affaires urgentes à régler au travail.

_ ok je veux bien partir mais pas sans toi, veux-tu bien me suivre ?

_ maintenant ?

_ oui maintenant descend on y va.

_ attend je porte autre chose au moins.

_ non allons y comme ça maintenant.

Elle se posa mille et une question puis se dit pourquoi pas et accepta sa proposition. Il lui laissa juste le temps de prendre ses sandales et son sac direction la voiture. Durant tout le trajet elle n'était pas très à l'aise car elle n'avait pas eu le temps de se maquiller et de sur quoi elle portait uniquement une chemise d'homme sur elle.

_ cc je ne peux te suivre dans cette tenue ramener moi à la maison.

_ pourquoi ? ta tenue elle a quoi ?

_ elle n'est pas faite pour les sortis en plus je ne me sens pas belle à l'intérieur.

_ je n'en ai rien à faire pour moi tu es et restera belle même en portant un sac poubelle sur toi d'ailleurs je te préfère sans tes vêtements.

Nancy poussa un fou rire et le fit une bise sur la joue. Ethan n'avait pas donné le nom du lieu où il se rendait mais sur le chemin elle remarqua un panneau qu'ils leur indiquaient qu'ils étaient sur la nationale n°3. Elle fit une petite recherche et se rendit compte qu'ils se dirigeaient vers Edéa. Elle stressa un peu car cela voulait dire qu'elle devait de nouveau avoir à supporter sa belle-mère. Rien qu'à y penser elle développait déjà les symptômes de diverse maladie.

Mais grande fut sa surprise lorsque Ethan traversa la ville et continua son chemin comme si de rien n'était. Elle essaya de lui demander plus d'une fois le lieu où ils partaient mais il se contentait juste de sourire. Fatigué par son comportement elle s'énerva mais il réussit à la faire revenir à de bon sentiment en lançant deux ou trois blagues.

Après pratiquement six heures de route et de multiple arrêt ils arrivèrent enfin à destination, la ville balnéaire de Kribi reconnue pour sa plage et son bon poisson. Elle s'était endormie durant le voyage alors une fois arrivée à l'hôtel il ne la réveilla pas. Il la transporta dans ses bras jusqu'à leur chambre. Deux heures après leur arrivé Nancy se réveilla enfin, elle se trouvait dans une grande chambre belle et spacieuse donnant sur la mer. Toute déboussolée elle chercha Ethan en vain dans la chambre mais ne le trouva pas. Elle l'appela plus d'une dizaine de fois mais elle tombait à chaque fois sur son répondeur. Fatiguer de le chercher partout elle alla se rafraîchir dans la douche et tomba sur une robe avec un mot collé dessus sur lequel était écrit : <<je t'attends en bas bisous>>.

Elle sera le mot très fort contre elle puis prit un bain et mit la robe qui lui avait acheté son roi.

Elle fit son maquillage avec le nécessaire qu'elle avait emporté et mit sa paire d'escarpin de secours qu'elle gardait toujours dans son sac. Une fois en bas elle se renseigna à l'accueille qui l'orienta vers le restaurant. C'était une petite terrasse très jolie ou l'on servait un menu à la carte et des grillades proposés directement sur place. Elle eut un peu de mal à se repérer mais elle finit par mettre la main sur Ethan qui l'attendait sans doute depuis un moment.

_ bonsoir mon amour désolé pour le retard.

_ non cava j'ai juste eu le temps de finir une bouteille de vin rouge ce n'est pas si grave. Sinon t'es magnifique dans ta robe.

Elle réajusta légèrement son bustier et posa son portable sur la table. _ c'est joli j'aime vraiment merci beaucoup pour tout mon chou.

_ de rien, bon je pense qu'il est temps qu'on commande un truc à manger tu en dis quoi ?

_ prend ce que tu veux moi je n'ai pas trop faim, le voyage m'a assommé.

Ethan prit un bar braisé tandis que Nancy fit la fine bouche en prenant juste un plat de ndolé accompagné de frite de plantains murs. Après le repas ils prient ensemble des verres de champagnes puis Ethan lui demanda de le suivre jusqu'à la plage pour voir les vagues.

Elle essaya de refuser poliment vu qu'elle n'avait pas la tenue adéquate mais il fut catégorique elle devait le suivre même si cela devait causer des dommages à sa tenue. Elle tronqua ses escarpins pour des sandales qu'elle acheta au hall de l'hôtel puis le suivit jusqu'à la plage. Où était installer une tente décorée de bougies et de nombreuses fleurs. Il avait également sous cette tente deux hamacs.

_ Ethan pourquoi faire tout ça?

_ parce que t'es une personne vraiment importante pour moi et je ne cesserais jamais d'exprimer mon amour envers toi ma puce.

_ Ethan c'est bien beau tout ce que tu dis mais ce n'est pas pour autant une raison de dépenser autant successivement juste pour me faire plaisir. Tu ferais mieux d'économiser cet argent enfin de financer un autre projet ou au mieux terminé notre maison.

Ethan se retourna fit face à la mer puis regarda avec attention Nancy.

_ regarde la mer n'est-elle pas belle ? moi je trouve le bruit des vagues très relaxant.

_ si mais ça quoi à y voir avec ce que je viens de dire ?

_ juste qu'il faut sourire à la vie peu importe la situation dans laquelle nous nous trouvons et savoir se faire plaisir lorsque le moment s'y prête. D'ailleurs je voulais t'annoncer un truc depuis mais je cherchais encore le bon moment pour le faire.

_ si on me dit un jour que j'ai déjà tout vu avec toi je dirais non car chaque jour je découvre un peu plus de chose sur toi qui me font savoir quand faite je ne t'ai jamais cerné. Tu voulais m'annoncer quoi au juste ?

_ le contrat que j'avais obtenu avec l'entreprise marocaine était pour organiser une série de concert à travers le pays pour la promotion de l'album de l'un de leur artiste qu'ils managent. Je ne voulais pas te le dire au début mais le contrat se chiffres à plus de 25 millions de franc.

_ c'est une sacrée somme Ethan que comptes tu faire de ça ?

_ j'ai alloué la majeure partie du budget pour l'élaboration des évènements le reste je l'ai utilisé pour terminer notre maison et donner naissance à un de mes projets.

_ je pense que c'est celui de ta chaine de centre de loisir ?

_ oui l'inauguration de celui de Kribi est prévu demain tandis que le chantier de celui d'Edéa commencera dès la semaine prochaine.

_ et comment comptes tu gérer tout ça avec en prime ton activité principale ?

_ pour le moment c'est provisoire mais je me suis dit que tu pouvais t'en occuper vu que tu n'as rien à faire pour le moment.

_ et où vas-je loger ? tu y as au moins pensé je suppose ?

_ tu pourras rester avec maman pendant un mois plus ou moins juste le temps qu'il faut pour que je te trouve un appartement dans la ville.

_ et toi que feras tu ?

_ je vais emménager dans notre maison lorsqu'elle sera prête pour le moment je serais avec toi chez maman.

Nancy n'était pas d'accord avec Ethan car elle ne voulait pas aller vivre avec sa belle-mère qui la détestait plus que tout au monde. Mais pour ne pas briser l'ambiance elle garda sa préoccupation pour elle. Ils restèrent sur la plage encore une bonne demie heure puis ils rentrèrent se coucher.

Le lendemain matin Ethan se réveilla à l'environ de 5h du matin pour peaufiner les derniers détaille enfin que la cérémonie d'ouverture soit une réussite totale. Après être quitté du lit il fit un tour dans la salle de bain pour se passer un peu d'eau sur le visage. En rentrant dans la chambre il ne vit pas Nancy coucher, il lança un coup d'œil rapide dans la pièce et vit qu'elle était au balcon de la chambre.

_ bonjour que peux-tu bien faire éveiller à pareil heure ?

_ je n'arrivais pas à trouver le sommeil alors lorsque je me suis rendu compte qu'il était déjà 4h du matin j'ai sauté du lit pour venir rester ici.

_ tu penses à quoi ? qu'est ce qui te stresses autant ?

_ rien mon amour tout vas bien tu peux retourner vaquer à tes occupations.

_ non je sais que quelque chose ne va pas car d'habitude t'es pas comme ça alors parle moi, je n'aime pas lorsque t'es dans cette état.

_ Ethan je ne vais pas te mentir, je ne veux pas aller vivre avec ta mère toi-même tu sais qu'on ne sait jamais entendu elle cherche toujours un moyen pour me critiquer et me rabaisser et ceux même devant des gens.

_ elle n'est pas sérieuse lorsqu'elle fait cela elle essaie juste de ton prouver son affection.

_ okay si tu le dis mais si rien ne va je ne peux pas te promettre de garder mon calme.

_ mais promet moi au moins que tu feras tout pour l'éviter je t'en prie.

_ je vais essayer pour toi.

_ okay bon je retourne bosser je t'aime !

_ je t'aime aussi !

Nancy resta encore une bonne heure au balcon de la chambre puis elle retourna se coucher. À son réveille elle voulut qu'ils aillent prendre le petit déjeuner en bas mais il était encore très submergé par le travail alors elle demanda à l'accueille de faire monter leurs plateaux.

A peine ils terminèrent leur repas qu'ils durent se mettre en route pour inaugurer le centre de loisir. Pour la circonstance elle dut faire un petit shopping pour être présentable lors de la cérémonie.

Ils choisirent ensemble un look plutôt décontracté Ethan mit un jean avec un polo et des sandales alors que son épouse porta elle également un jean mais avec un top, une paire de mule et des lunettes de soleil. Apres l'inauguration du centre de loisir ils prirent la route en direction d'Edéa. Après des heures passées en route ils arrivèrent enfin au domicile familial d'Ethan. Ils se mirent à klaxonner jusqu'à ce qu'une personne daigne les ouvrir le portail. Pendant ce temps Nancy avait la gorge serrée et le cœur qui s'emballait rien qu'à la vue de ce portail.

_ bonsoir grand frère comment tu vas ?

_ je vais bien williams et toi ? maman est à l'intérieure ?

_ cava tout va bien et oui maman est à l'intérieur.

Williams aida Ethan à porter leurs sacs tandis que Nancy était en retrait et appréhendait déjà le mauvais quart-heure qu'elle allait passer. Une fois à l'intérieur maman Anne bondit sur son fils et ignora totalement que Nancy était présente au côté de celui-ci.

_ mon fils je sens que tu ne manges pas bien tu as beaucoup maigri, regarde tes joues !

_ maman comment tu peux dire ça ? je mange très bien d'ailleurs ma femme me cuisine toujours de bon petit plat.

_ ta folle de femme-là qui n'arrive pas à garder un enfant là plus d'un mois ?

_ maman elle n'est pas folle c'était juste une dépression et en plus nous ne sommes pas pressées pour avoir un enfant d'ailleurs nous avons encore tout notre temps.

_ mais moi non, je suis déjà très vielle je veux avant de partir pouvoir porter au moins l'un de mes petits-enfants.

Ethan fit un petit sourire puis changeant de sujet, pendant qu'il discutait Nancy tenta pour une seconde fois de saluer maman mais cette dernière l'ignora totalement prise de honte elle monta à l'étage. Williams de sa chambre entendit une personne qui pleurait au bout du couloir alors il alla voir de quoi il était question.

_ toc, toc, toc je peux entrer ?

_ oui tu peux entrer williams la porte est ouverte.

Il poussa la porte, s'installa sur lit tout près d'elle puis passa sa main sur son visage pour essuyer ces larmes.

_ pourquoi une belle femme comme toi se permet de pleurer ?

_ williams pas la peine de me charmer je n'ai la tête à ça maintenant. _ ok je comprends mais sinon pourquoi pleures-tu ?

_ je n'arrive pas à supporter les railleries de maman elle me traite de folle et de stérile cela me fait très mal.

_ ah si c'est juste ça ne t'as pas à t'en faire maman est toujours comme ça prend juste sur toi et ne me fait pas trop attention à elle.

_ merci beaucoup williams tu es vraiment le frère que je n'ai jamais eu.

Ils se prirent dans les bras puis il l'invita en bas pour prendre le diner. Maman avait cuisiné de bon râpé avec une sauce de noix de palme dans laquelle se trouvaient de gros morceaux de porc-épic. Tout le long du diner Nancy resta silencieuse jusqu'à ce que la mère d'Ethan lui adresse la parole.

_ Nancy pourquoi es-tu toute calme ?

_ maman je n'ai juste rien à dire, je ne veux pas me mêler des discussions que tu-entretiens avec tes fils.

Maman lui lançant un regard noir puis elle continua sa discussion qu'elle avait avec ses fils.

Tout le reste de la soirée Nancy ne se senti pas à sa place alors elle alla se coucher plus tôt que d'habitude. Après avoir passé une nuit difficile Nancy se réveilla et descendit pour faire le ménage. Elle nettoya toute la maison puis commença à faire la vaisselle lorsque sans faire exprès elle cassa un verre. Etant en haut dans sa chambre maman Anne descendit comme une fusée et atterrir dans la cuisine.

_ bonjour maman comment vas-tu ?

_ hé tu appelles qui maman ? non seulement tu casse ma vaisselle et tu te permets de m'appeler maman ? tout va bien dans ta tête ?

_ maman je suis désolé je ne l'ai pas fait par exprès si tu veux tout à l'heure j'irais t'acheter un autre.

_ pas la peine je ne pas besoin de chose venant d'une personne qu'il n'arrive pas à porter un enfant plus de trois mois dans son ventre petite sorcière. J'avais prévenu mon fils lorsqu'il allait t'épouser mais il ne m'a pas écouté maintenant voici les conséquences.

Nancy ne répondit pas à ses attaques mais fut blessée par ses dires. Lorsqu'elle termina de ramasser les petits bouts de verre qui étaient au sol elle monta dans la chambre puis s'enferma à double tour. Elle se demandait comment une mère pouvait tenir de pareil propos à l'enfant d'une autre personne. En y repensa elle se mit à pleurer et cela dura toute la journée.

Chapter 4

Cette situation dura un mois entier, Anne ne manquait pas une seule occasion pour rabaisser sa belle-fille que ce soit en public ou en privé en lui disant des incongruités. Il lui arrivait de le faire devant son fils mais ce dernier n'osait même pas lever le petit doigt pour défendre son épouse ce qui attristé énormément celle qu'il considère comme l'amour de sa vie.

Ethan devait retourne à douala pour commencer les préparatifs de l'évènement qui lui avait été confié. Comme convenue dès le départ il avait trouvé un appartement où Nancy pouvait rester en attendant la fin du chantier mais sa maman lui dissuada de la laisser à la maison sous prétexte qu'elle prendrait soin d'elle.

La veille de son départ Ethan organisa une sortie en amoureux pour pouvoir discuter avec elle dans un cadre autre que celui de la maison.

_ Ethan t'a quoi de si important à me dire que tu ne peux pas le faire la maison ?

_ enfaite rien je voulais passer un peu de temps avant mon retour.

_ tu repars demain? et moi je ferais quoi ici sans toi?

_ j'ai discuté avec maman elle m'a dit qu'elle fera tout l'effort du monde pour ne pas te déranger.

_ tu sais bien que ce qu'elle raconte c'est du baratin mais tu y crois toujours. Je ne veux pas rester avec elle je veux rentrer avec toi Ethan ne me laisse pas.

Ethan quitta sa chaise s'approcha de celle Nancy et la prit dans ses bras. Dans ses bras elle se sentait en sécurité et ne voulue pas qu'il la lâche ne serres que pour un seul instant.

_ Nancy je sais que cette décision te déplait mais je t'en prie pour le moment c'est le mieux que l'on puisse faire. Demain je vais sortir très tôt alors si à ton réveille tu ne vois plus c'est que je serais déjà en route.

_ okay surtout prend bien soin de toi !

_ t'inquiètes pas pour ça.

Après avoir discuté ils prirent des rafraichissements puis décidèrent de rentrer à la maison. Les jours qui suivirent le départ d'Ethan tout allait bien à la maison jusqu'à ce que les démons d'Anne resurgissent. À chaque instant où cela était possible elle envoyait des pics à sa belle-fille. Elle était allée jusqu'à l'interdire l'accès à sa cuisine, son salon et comme si cela ne suffisant pas elle lui avait même attribuer des couverts qu'elle devait être la seule à utiliser.

Chaque jour était plus difficile que le précèdent mais Nancy essayait malgré tout de se montrer forte peu importe ce que sa belle-mère lui faisait ou lui disait-elle le prenait toujours avec le sourire. Après avoir passé deux semaines en leur compagnie elle tomba malade. Elle avait des bouffées de chaleur, une hypersudation et des palpitions.

Au départ ils s'étaient dit que c'était certainement le paludisme qui la dérangeait alors maman Anne multiplia infusion et tisane pour lui redonner de la

force. Mais après deux jours de traitement son état ne s'arrangeait toujours pas. Alors williams la conduit vers une clinique de la ville là-bas les médecins lui donna une ordonna d'anti dépresseur car selon eux elle faisait une crise d'angoisse.

Les médicaments eurent de l'effet deux jours puis elle commença à avoir des insomnies. Il lui arrivait de passer des nuits entières éveillée sans pouvoir trouver le sommeil qui lui venait uniquement au petit matin. Après cela elle développa de nombreux autre mal, elle souffrait également de sècheresse vaginale, de brulures lors de la miction. Au vu de tous ses symptômes alarmants elle décida d'aller consulter le médecin l'ayant prescrit ces antis dépresseurs pensant qu'il s'agissait d'effet secondaire mais ce dernier lui dit que c'était plutôt des signes d'autres choses alors il l'envoya chez le gynécologue.

Ce dernier n'étant pas là elle dut prendre un rendez-vous pour le lendemain. Une fois à la maison on lui posa d'innombrable question mais cette dernière ne répondit à aucune d'elles. Le lendemain matin au l'environ de 8H elle reçut un appel de l'hôpital qui lui informa que son rendez-vous était confirmé pour 9h alors elle alla prendre une douche pour s'y rendre.

Lorsqu'elle arriva l'infirmier lui fit directement entrée dans le bureau du gynécologue.

_ bonjour madame comment allez-vous ?

_ cava pas très fort j'ai des insomnies, une sécheresse vaginale et des douleurs lors de la miction.

_ bon ! madame c'est symptôme peuvent dire plusieurs choses à la fois alors pour ne pas me lancer des tous les sens voilà une ordonnance d'examens que vous deviez faire. S'agissant de la sécheresse vaginale et des douleurs lors de la miction je vous conseille de passer à la pharmacie on vous trouvera certainement quelque chose pour calmer ça.

_ Mercie à la prochaine.

Elle serra la main du médecin puis se rendit à l'accueil où on lui indiqua la salle où l'on effectuait les prélèvements. Ensuite elle se rendit à la pharmacie pour se procurer des pommades vaginales. Après sa sortie de l'hôpital elle se rendit au chantier du centre de loisir où elle passa tout le restant de la journée. En fin de journée elle rentra à la maison toute épuisée et alla directement dormir.

Après le départ d'Ethan ils passèrent des nuits entières à discuter au téléphone jusqu'à ce que tout s'arrêter du jour au lendemain. Ils pouvaient passer une semaine entière sans s'appeler ni même s'envoyer des messages. Lorsqu'ils s'appelaient quelques rare fois cela ne durait pas plus d'une minute où deux.

Le lendemain aux alentours de 13H elle était sur le balcon à prendre un petit bol d'air frais lorsque l'hôpital l'appela pour l'informer que ces résultats étaient déjà disponibles. Elle s'y rendit de tout urgence pour savoir de quoi elle souffrait. Une fois sur place elle salua brièvement le personnelle de santé et entra dans le bureau du médecin.

_ bonjour madame comment allez-vous ?

_ depuis ma dernière visite de mieux en mieux même comme parfois je rechute mais bon cava.

_ j'ai eu vos résultats tout à l'heure avant de donner une conclusion à cela j'aimerais vous posez une question. Avez-vous vos règles normalement ?

_ je ne les vois plus depuis je pense ma dernière fausse couche.

_ elle remonte à quand précisément ?

_ si je ne trompe pas ça remonte à environ 6mois.

_ et vous n'avez pas chercher à consulter depuis pourquoi ?

_ je n'ai jamais eu un cycle régulier en plus je venais d'avoir une fausse couche alors je me suis dit que c'était normal.

_ maintenant mon diagnostique est complet, tu souffres d'une IOP (insuffisance ovarienne prématurée) en d'autres termes tu as une ménopause précoce.

_ comment cela est possible j'ai à peine 28ans et j'aurais 29ans dans un mois.

_ généralement la ménopause survient vers les 51ans dans certains cas elle apparait avant 45ans voir 40ans comme cela est votre cas.

_ c'est ce qui explique le fait que je n'ai pas vu mes règles depuis tout ce temps ?

_ oui en fait c'est une aménorrhée et en absence de reprise de l'ovulation elle peut être définitive.

_ ce qui veut dire que je ne pourrais plus tomber enceinte ?

_ en fait cela est possible mais vous deviez suivre un traitement contre l'infertilité.

_ que faire alors dans ce cas pour espérer avoir un enfant car j'y tiens vraiment.

_ tout d'abord vous allez devoir passer d'autres examens tels que :

*test de grossesse pour savoir si votre retard de règle n'est pas dû à cela. *des sérologies pour évaluer le taux de prolactine, de FSH et d'œstradiol.

_ et après la confirmation que ferions-nous ?

_ étant donné que votre capacité d'ovulation est amoindrie vous avez très peu de chance de tomber enceinte de vous-même. Néanmoins il existe deux pistes de thérapies qui peuvent avoir un certain résultat. Nous avons :

*un protocole à base de gonadotrophines et d'œstrogène qui Semblerait sensiblement améliorer le taux d'ovulation.

*une FIV avec don d'ovocytes.

Le médecin donna rendez-vous à Nancy dans une semaine pour avoir la Confirmation du diagnostic pendant ce temps elle devait faire avec.

Chapter 5

Mes chances d'avoir un enfant venait de s'envoler à l'instant même que le médecin m'annonça cette terrible nouvelle. En rentra à la maison je me posais milles et une question qui ne trouvaient point de réponses. Le rêve que j'avais d'enfanter le voilà qui venait de s'envoler comme une trainée de poudre. J'essayais de positiver en me disant que le traitement allait forcement marcher mais les probabilités pour que cela se produise était infinie.

Une fois à la maison je trouvai que mère était en train de faire la cuisine alors je montai m'échanger pour aller l'aider. Une fois dans la cuisine j'avais la tête ailleurs je ne pouvais pas m'empêcher de penser à tout ce que le médecin m'avait dit, je voulu en parler à maman mais je savais qu'elle allait encore me traiter de tous les noms alors je préférai d'abord avoir la confirmation du médecin avant d'informer qui que ce soit.

Ce fut la semaine la plus rude que je dû passer de toute ma vie. En journée je tremblais lorsque je recevais un appel de peur que cela soit celui de l'hôpital m'annonça la mauvaise nouvelle. Tandis que la nuit je rêvais sans cesse d'un bébé que je portais dans mes bras puis subitement il m'était arraché, chaque jour c'était le même scenario et me réveillais toujours le matin avec le visage couvert de larmes. Samedi matin marquait le septième jour qui avait suivi mon passage à

L'hôpital dont logiquement je devais recevoir l'appel m'annonça la disponibilité de mes résultats ce jour même.

Comme d'habitude à mon réveille je descendis faire le ménagère et la vaisselle puis je me rendis chez le boulanger se trouvant au bout de la rue pour acheter des croissants et des petits pains au chocolat pour le petit déjeuner. Maman ne mangeait jamais ce que je cuisinais mais je prenais toujours la peine de prévoir un couvert pour elle pour ne pas qu'elle commence à dire que je mange l'argent de son fils seul. D'ailleurs le fait d'être financièrement dépendante d'Ethan me rendait malade car je ne pouvais même pas acheter un stylo sans l'on ne me rappelle que ce n'était pas mon argent que j'utilisais pour des futilités.

Avec le temps la situation n'allait vraiment pas en s'arrangeant alors j'avais décidé de commencer à chercher du boulot plus tard car pour le moment je n'avais pas vraiment la tête à ça le plus important à mes yeux cette période-là était le résultat de mes examens. Après le petit déjeuner j'eus un petit coup de fatigue alors j'alla m'allonger sur l'un des canapés du salon lorsque la sonnerie de mon portable me réveilla.

_ bonjour madame c'est de la part de l'hôpital c'est juste pour vous annoncer que vos résultats sont disponibles.

_ bonjour merci beaucoup pour l'information j'y ferais un tour au courant de la journée.

À peine l'appel terminé je me précipitai dans ma chambre mit le premier vêtement qui me tomba sur la main et me rendit à l'hôpital sans plus tarder. En chemin je me rendis compte que je n'avais même pas prit le temps de me faire belle ce qui me fit rire à haute voix sur la moto qui m'y conduisait. Après un quart d'heure de route j'arriva enfin à destination, je réglai rapidement le montant de ma course et me rendit au service d'accueil pour obtenir mes résultats.

_bonjour madame que puis-je faire pour vous ?

_ bonjour madame je suis venus retirer mes résultats d'examen.

_ le laboratoire vous a informé qu'ils sont disponibles ?

_ oui tout à l'heure ils m'ont appelé pour me le faire savoir.

_ okay bon j'aurais besoin de votre nom complet et le service ou les services qui ont demandé des examens.

_ Nancy koum et c'est le service de gynécologie.

L'infirmier fit une petite recherche dans la machine puis elle passa à revue la pile d'enveloppe qu'elle avait devant elle et souleva la tête.

_ madame Nancy vos résultats sont belle et bien disponible mais pour le moment ils sont vérification chez votre médecin traitant.

_ il terminera quant au juste?

_ j'en ai aucune idée néanmoins vous pouvez patientez dans la salle d'attente car il ne traine souvent pas dans l'analyse des résultats.

_ ok j'attends.

Je n'avais pas en tête l'idée de rentrer sans mes résultats alors je préférai attendre le temps qu'il faut sur place même si je devais y passer toute la journée voire la nuit entière. Après deux heures je déprimais déjà lorsque je vis le gynécologue docteur ndedi qui sortait raccompagner une personne avec un document à main. J'attendis qu'il laisse la personne à la porte pour le retrouver à l'accueille.

_ bonsoir monsieur ndedi

_ bonsoir madame koum comment allez-vous?

_ Sava pas fort mais je garde la tête haute malgré tout.

_ bon je suppose que vous êtes là pour vos résultats?

_ oui à l'accueille l'on m'a fait savoir que c'est vous qui les détenez pour vérification alors j'ai décidé d'attendre.

_ les voici en m'a possession juste le temps de remplir les formalités et vous les aurez mais je voudrais que vous gardez à l'esprit que rien n'est impossible.

Les mots du docteur ndedi ne présageait rien de bon mais peu importe l'issus je voulais avoir mes résultats alors j'attendit qu'il remplisse tous les documents nécessaires puis il me tendit les résultats. Lorsque mes doigts effleurèrent la surface de l'enveloppe qui contenait les résultats je ressentis une sorte de choc électrique qui me traversa le corps.

_ à la prochaine surtout prenez soin de vous.

_ à plus.

Les résultats étant déjà à ma possession je sorti de l'hôpital et prit une moto qui me déposera quelques minutes plus tard à la maison. J'entra dans la chambre et m'installa sur le lit l'enveloppe était devant moi sur la table base. Je la fixai du regard une demie heure environ en me demandant si cela valait réellement la peine que je sache la vérité sur ma situation cela dura encore un bon moment puis à bout je pris une grande inspiration et ouvrir l'enveloppe.

Je fis une lecture transversale du haut pour arriver à l'essentiel la conclusion qui était nul autre que celle dont je connaissais déjà depuis mais je refusais de l'accepter. J'avais la ménopause précoce oui une OIP ce qui voulait dire que mes chances d'avoir un enfant était maintenant quasiment nulle.

J'étais sur le choc dépassé par les évènements alors je sortir de la maison sans même prendre le soin d'emporter mon portable avec moi. Je marchais dans les rues et ne savait même pas où aller. Au bout d'une heure de marche une grosse averse se déclencha dans la ville mais je marchais sous celle-ci comme si de rien n'était. Cette nuit je ne savais pas où je me trouvais après avoir tant marcher et étant toute tremper alors j'alla me réfugier dans une église où on me donna du linge sec et un toit pour passer la nuit.

Le lendemain matin je me réveilla à la maison coucher dans ma chambre, j'étais un peu perdu alors je descendis pour en savoir plus. Une fois en bas je tombai sur Ethan qui prenait son café en regardant le journal télévisé.

_ bonjour mon amour tu t'es enfin réveillé comment vas-tu?

_ bonjour Ethan je vais bien sinon que fais-tu ici je pensais que t'avais beaucoup de boulot à l'agence !

_ si je déborde de boulot mais lorsqu'il s'agit de toi ma perle je trouve toujours le temps qu'il faut. Hier on m'a appelé pour me dire que t'avais disparu de la maison laissant ton portable alors j'ai trouvé cela inquiétant ainsi j'ai pris directement la voiture.

_ moi-même j'avais aucune idée du lieu où je me trouvais alors comment avez vous fait pour mettre la main sur moi?

_ nous avons eu de la chance, tu étais allé te refugier dans l'église que fréquente une amie de maman qui t'avais déjà vu ici. Arrêtons de parler de ça j'aimerais avoir des explications au sujet du document que j'ai vu sur le lit.

J'évitais de le faire face je ne voulais pas voir la déception sur son visage au moment où je lui annoncerais la mauvais nouvelle alors je baissai la tête prit une courte inspiration et cracha le morceau.

_ Ethan j'étais très malade un moment donné après ton départ alors j'ai fait une consultation à l'hôpital où l'on a cru que c'était un début de palu mais ce n'était pas le cas alors ils m'ont orienté chez le gynécologue car j'avais développé d'autres symptômes spécifiquement liés à son domaine. Apres consultation il a émis des hypothèses et a pars la suite prescrit des examens pour les confirmés et voici les résultats de ces examens.

_ j'ai les ai lus mais je n'ai pratiquement rien compris.

_ Ethan j'ai une ménopause précoce et je risque ne plus pouvoir enfanter.

Ethan fut dévasté par la nouvelle il se leva fit les cents pas dans la pièce puis monta à l'étage. Je savais que ce que je venais de l'annoncer n'était pas facile à avaler alors je le laissai dans son coin un moment puis je montai le rejoindre dans la chambre.

Lorsque j'ouvris la porte je remarquai qui pleurais à chaude larme et cette scène me marqua à vie car c'était la première fois pour moi de voir mon homme dans cette situation. Il pleurait et ne cessais de demander à dieu pourquoi tout cela lui arrivait. À cette instant je voulu bien lui répondre mais moi-même je n'arrivais pas à me concevoir à l'idée de ne plus pouvoir enfanter.

_ Ethan je suis désolé d'avoir brisé ton rêve d'être papa je m'en veux vraiment et j'aimerais me faire pardonner pour tout ce que je te fais endurer et te faire sourire même quand le moment ne si prêt pas mais hélas j'en suis incapable. Néanmoins depuis que j'ai appris la nouvelle j'ai pesé le pour et le contre et je suis arrivée à la conclusion selon laquelle tu peux divorcer je ne t'en voudrais pas car je ne veux pas que tu perds plus de temps avec moi.

Ethan resta calme cessa de pleurer et se retourna.

_ Nancy pour moi divorcer n'est pas la solution, serte j'ai une envie folle d'être père mais cela n'explique pas pour autant pas le fait que je doive divorcer de toi juste à cause d'une maladie que t'a pas voulu ni même chercher. Je sais que cela sera très difficile mais je suis disposé à t'épauler et rester avec toi peu importe l'issus du traitement. Je t'aime je ne t'abandonner jamais et je voudrais que tu fasses tout ton possible pour faire pareil tu sais le mariage c'est pour le meilleur et le pire.

_ je t'aime Ethan et je te promets que même au péril de ma vie je te donnerais cette enfant mon amour.

_ je t'aime ma puce t'es ma raison de vivre.

On se prirent dans les bras pour se réconforter et retrouver nos esprits.

Le mois qui suivit je le passai à la maison en compagnie d'Ethan. Chaque matin lorsqu'on se réveillait il me donnait une petite motivation qui me poussait à me dépasser à terminer la journée. Je n'avais pas encore commencé le traitement car il n'était pas accessible dans la ville alors je prenais toutes les infusions que faisait maman Anne en espérant qu'une puisse être la solution au problème mais hélas c'était juste du temps et beaucoup d'argent jeter à l'eau.

Lorsque je quittais Edéa je laissai ma chambre était pleine de bouteilles remplir de mixture de tout genre. Juste pour avoir un enfant je mettais convertie à toutes les confessions religieuses qui me faisait miroiter une once d'espoir mais hélas rien ne changea. Une fois de retour à douala je passais toute mes journées seules à la maison, Ethan travaillais toujours tard et n'avais jamais du temps pour discuter où faire quoi que ce soit.

Je devais commencer le protocole à base gonadotrophines et d'œstrogène à l'hôpital gynéco obstétrique de douala mais deux jours avant le début du traitement l'on nous fit savoir qu'il était en rupture de stock depuis des mois. Ethan essaya de mieux se renseigner cher l'un de ses amis médecins pour savoir si un autre hôpital pouvait le faire mais malheureusement sa réponse fut celle qu'on connaissait déjà.

Maintenant tout ce qui nous restait à faire s'était d'essayer une FIV le cout était relativement très élevé relativement dans les 700000f dans une clinique privée qui offrait les meilleurs statistiques dans le domaine. Après avoir pris tous les renseignement nécessaire Ethan me fit voyager pour le Maroc car la clinique s'y trouvais.

J'y passa trois long mois et l'on avait essayé deux fois la FIV mais à chaque fois le résultat était pareil pas de fécondation. Etant à bout émotionnellement et financièrement après avoir dépensé près de deux millions de franc je rentrai au pays. Arriver et annoncer la mauvaise nouvelle à Ethan fut la chose la plus dur à faire mais j'y étais obligé.

Après cela Ethan devenu distant avec moi il dormait à la maison que le dimanche, il multipliait ainsi les voyages. Il lui arrivait de rentrer d'un voyage samedi et de parti à un autre le jour suivant. Entre nous tout était devenu froid il parlait juste pour le stricte nécessaire et ne me touchais que très rarement lorsqu'il était fatigué de se soulage lui-même.

Cette situation devenait de plus en plus incontrôlable et j'en pleurais tous les jours. Je multipliais les prières et les jeûnes pour que dieu intercède dans mon foyer mais tout n'allait pas comme je voulais.

Cela faisait déjà trois mois que cela durait alors un jour pousser par une curiosité que je qualifierais de suicidaire je pris le portable d'Ethan et j'ouvrir son Messenger. Mais je ne

Vis rien alors je déposai son portable sur son chevet. Entre temps j'avais réussi à obtenir un nouveau job de maitresse dans une école de la place alors j'y passa la quasi-totalité de mon temps.

Mon travail était devenu mon second foyer j'aimais y aller car j'étais entouré de tous ses petits bouts de choux qui dégageaient de la bonne humeur même si parfois ils me faisaient voir de toute les couleurs. Un vendredi en rentra du boulot je trouvai sur la table de la salle à manger une enveloppe. Je pris mon bain puis me mire à cuisiner lorsque mon téléphone sonna dans la chambre.

_ bonsoir Nancy comment vas-tu?

_bonsoir williams je vais bien et toi?

_ je vais bien.

_ et maman?

_ elle va bien. Nancy depuis un moment je cherchais comment te dire un truc qui me dérange un peu.

_ de quoi il s'agit?

_ Ethan a enceinté une autre fille que ma mère lui avait choisi au village et maintenant il est en train de faire son toqué.

À l'instant té que williams termina sa phrase mon sang fit un tour net dans mon corps je n'y comprenais rien. Comment Ethan avait-il pu me faire ça? en fait je savais que ça réel motivation était l'enfant alors je l'en voulais pas pour autant.

 Apres l'annonce de cette nouvelle je n'eus plus la tête à la nourriture alors j'allas m'allonger au salon. Lorsque je me rappelai de cette enveloppe que j'avais vu sur la table. En allant me prendre un verre d'eau dans la cuisine je profitai pour la prendre pour en découvrir le contenue. À ma grande surprise c'était une demande de divorce de la part d'Ethan se fit la goutte d'eau de trop.

Chapter 6

Nancy passa toute la nuit éveillée car elle n'arrivait pas à trouver le sommeil avec tout ce qui se passait dans sa vie. Elle eut envie de tout abandonné et de partir loin pour essayer de refaire sa vie mais n'avais pas pour autant envie d'abandonner ceux pourquoi elle s'était battue à obtenir pour finalement le laisser à une autre. Au environ de 4h du matin elle commençait à trouver le sommeil lorsqu'elle entendit des bruits à l'entrée qui la fit sursauter du siège sur lequel elle se trouvait.

_ bonjour Ethan comment était ton voyage?

Il ne prit même pas le temps de lui répondre et continua sa route paisiblement comme si de rien était. Nancy ne cautionna pas cela alors elle retourna à la charge pour une seconde fois.

_ Ethan je t'ai dit bonjour, me répondre c'est trop te demander? _ bonsoir j'espère que t'a signé les documents que je t'ai laissé? _ non

_ et pour quelle raison au juste?

_ tout simplement parce que pour moi c'est inconcevable que tu puisses me demander le divorce pour un motif de stérilité. Ethan qu'es ce qui t'arrive tu m'avais pourtant promis que tu serais toujours avec moi peu importe ce qui arrivera.

_ oui mais c'est vrai mais tout de même Nancy faudrait pas qu'on se mentent pour rien. On t'a diagnostiqué une ménopause précoce nous avons fait tout ce qui était à notre pouvoir pour espérer obtenir un enfant mais chaque fois cela n'aboutissais pas. Je t'aime bien mais j'aimerais aussi connaitre la joie d'être père au moins pour une fois. En plus je vie sur la pression sociale tous mes amis ont des enfants mais moi je n'en ai pas, tu sais ce que ça fait de n'avoir rien dire lorsque subitement la conversation tourne à leur match de basket avec leur fils non ! et de sur-quoi maman vieillit bon sang !

_ bébé je sais que psychologiquement tout comme financièrement t'es épuisé mais faut savoir qu'il a un temps pour tout et d'ailleurs nous sommes encore très jeunes et le médecin avait dit que l'ovulation pouvait reprendre tout seule ou non alors restons optimiste.

_ Nancy dire cela me prise le cœur mais si tu m'aimes libère moi, laisse-moi refaire ma vie sans toi-même ci cela te déchire le cœur et m'anéantie car c'est nécessaire. Je vais me coucher si tu veux on n'en reparle une prochaine fois en passant la mère de mon futur bébé aménagera ici dans deux jours pour que je puisse prendre soin d'elle comme il se doit.

Nancy était hors d'elle au point eu elle déchira cette demande de divorce mais après elle se rendit dans la salle de bain et fondit en larme. Elle n'arrêtait pas de penser à tout ce que Ethan venait de lui dire. Rien qu'en le regardant parler avec tant d'assurance et de froideur elle savait qu'elle l'avait perdu depuis un bon bout de temps mais elle refusa pour autant de l'accepter.

Comme convenu deux jours plus-tard Sonia la petite fille enceinte de lui s'installa à la maison avec eux. C'était une belle jeune fille à la peau brune dans les 1m76 très belle et aux formes extravagantes qui avait pour seul inspiration rester zen et positiver elle n'avait rien à envier à personne. Elle souriait à tout le monde et avait un comportement très relax.

Elle respectait beaucoup Nancy vu qu'elle avait pratiquement 9 ans d'écart. Sonia avait 20ans et était en cycle licence en biochimie alors elle passait une bonne majorité de ses journées à l'université pour suivre ses cours ou à bosser à la maison sur ses fiches de révisions. Les deux femmes s'entendaient plutôt bien mais celui qui semait le chaos dès son retour était Ethan car il ne considérait plus Nancy. Il faisait comme si elle n'avait jamais existé à ses yeux et passait son temps à couvrir l'autre de cadeau de tout genre (bijoux, voyage, diner, vêtement) en gros il lui attribuait tout le confort dont elle avait besoin et bien plus même.

Pendant ce temps Nancy se sentait délaisser et passais toutes ses journées au boulot même les jours férie il lui arrivais de s'y rendre et de s'installer toute seule dans sa salle juste pour éviter de croiser le couple à la maison. À force de ce tué à la tache tous les jours elle se mit à avoir de violent maux de tête.

Elle prenait de l'aspirine pour y remédier mais le changement n'était pas très notoire alors elle se dit que c'était encore pour une fois l'effet que lui procurait la ménopause précoce alors elle négligea en se disant que ça allait passer comme toujours.

Chaque fois qu'elle rentrait à la maison après une journée de boulot il lui arrivait souvent de pleurer dans le taxi voyant la triste réalité qu'elle vivait à la maison. Chaque soir Ethan lui mettait la pression pour qu'elle signe les documents

mais elle refusait à chaque fois. Ethan furieux avait décidé de coupé complètement les ponts avec elle.

Il ne lui adressait plus la parole, ne la touchait que très rarement lorsque l'envie lui venait et avait même déplacer la totalité de ses affaires dans l'une des chambres d'amis. À chaque provocation d'Ethan elle essayait de garder le calme pour ne pas qu'il sorte de ses gongs et lui met la main dessus.

Ne se trouvant plus à sa place à la maison Nancy alla faire un tour pour se détendre dans un spa de la place. Après avoir passé une bonne heure de pure détente elle se rendit dans un parc pour se changer les idées tout en consultant ses mails. Elle y resta un bon quart d'heure puis décida d'aller prendre une glace lorsqu'elle reçut l'appelle d'Ashley.

_ bonjour ma puce comment vas-tu?

_ coucou je vais bien et toi?

_ toi-même tu connais ma situation alors comment penses-tu que je vais?

_ j'ai l'impression que les choses ne s'arrangent pas. Il continue avec son idée de divorcer?

_ je voudrais te dire non mais malheureusement c'est toujours le cas. Il est même

allé jusqu'à faire installer la fille dans notre maison et de sur quoi ils dorment sur notre lit conjugal.

_ que comptes-tu faire maintenant?

_Ashley je crains qu'il ait déjà choisit à ma place alors je pense lui accorder le divorce qu'il veut tant.

_ que fais-tu alors de tous vos plans et réalisations?

_ je ne peux pas et ne veux plus souffrir à ses côtés juste parce que je ne veux pas perdre mon train de vie. Toi-même tu le sais avant lui je vivais et m'en sortait plutôt bien alors je pense que je peux encore réussir à le faire maintenant.

_ ma puce je t'admire vraiment car malgré tout ce qu'il t'a fait ses derniers jours tu l'aimes toujours comme au premier jour de votre rencontre. C'est vraiment triste mais ça arrive nous ne pouvons rien, bon je dois te laisser je dois me rendre à l'hôpital pour discuter avec mon médecin titulaire. Bisous je t'aimes.

_ je t'aime surtout ne change jamais reste comme t'es.

Après cette discussion Nancy était plus que convaincu de son amour pour Ethan, il avait fait de grosses bêtises mais elle était prête à faire table rase du passé et tout recommencer à zéro. Elle ne se voyait pas abandonner son foyer juste pour un enfant que d'ailleurs elle était prête à s'en occuper.

Une fois l'appelle terminer elle sauta sur la première mototaxi qu'elle vit en direction de la cité des palmiers où se trouvait leur maison. Après quelques minutes de route elle arriva à la maison, salua brièvement le Virgile et entra brusquement. Une fois à l'intérieur elle vit qu'on avait mis sur pied une belle décoration florale.

Au sol il avait une sorte de chemin tracé avec des pétales de rose jusqu'à la salle à manger. Une fois devant la porte de celle-ci elle hésita un long moment puis entra. Lorsqu'elle entra il était entré de demander Sonia en mariage et cette dernière accepta. Ce fut un véritable coup dur mais elle allant tout de même vers Ethan car elle souhaitait avoir des explications.

_ bonsoir Nancy comment c'est passé ta journée?

_ je n'ai pas besoin de tes salutations alors je pense que tu peux te les mettre où je pense okay ! Ethan je ne voudrais pas être longue dit moi juste que tout ce que je viens de voir c'est du baratin.

_ je suis désolé mais c'est du sérieux j'aime cette fille et j'aimerais bien faire d'elle mon épouse.

Nancy pousser par un élan de colère sorti de ses gongs et lui mit une bonne gifle.

_ comment tu peux me dire cela en me regardant dans les yeux Ethan? tu veux

Dire que je ne représente plus rien à tes yeux? et cet amour fou que nous avons partagé jusqu'à hier tu fous cela à la poubelle pour une broutille? ne confond pas amour et affection je t'en prie !

_je t'aime et je continuerais toujours à t'aimer mais parfois il faut prendre des décisions dans certaine situation et mettre notre ego de côté. J'ai besoin d'avoir des enfants et elle peut m'en donner, je sais que tu diras plus tard que nous n'avons pas tout essayer mais toi-même t'en ai consciente alors cessons de nous voiler les yeux. Tu as une semaine pour libérer la maison trouver un logement ailleurs que ça soit un appartement, une chambre ou un studio je m'en fous et je t'aiderais à payer l'intégralité de la première année.

_je ne peux pas quitter ce pourquoi je me suis battu depuis tout ce temps et d'ailleurs je suis encore théoriquement ton épouse.

_ juste pour quelque heure voici les papiers du divorce signe et cela t'évite le procès.

Nancy était dépassée par sa réaction, elle voulut le dissuader que c'était pas la meilleure décision à prendre mais ce dernier avait déjà pris position et ne pouvait plus faire marche arrière.

Ce sentant incapable de quoi que ce soit elle prit les documents dans ses mains et les signa.

Lorsqu'elle quitta la pièce elle était dégoutée et n'arrivait toujours pas à le croire. Toute la nuit elle essaya de trouver le sommeil mais elle n'y arrivait pas elle pouvait pas s'empêcher de repenser à tous les bons moments qu'ils avaient eus ensemble. Celui qu'elle croyait être l'homme de sa vie venait de la laissé tomber dans la période la plus difficile qu'elle dut traverser.

Après cette mauvaise nouvelle elle avait changé radicalement, elle ne parlait plus à la maison et passait son temps enfermer dans sa chambre à pleurer. Pendant qu'Ethan et Sonia multipliaient les sortis en amoureux et les surprises en tout genre. Chaque jour lorsqu'elle se rendait au travail elle essayait de paraitre forte pour ne pas attirer l'attention des gens mais parfois il lui arrivait de fondre en larme durant un cours. Ce fut une période très difficile pour elle mais elle devait s'y faire et apprendre à vivre avec.

Deux jours avant la fin de l'expiration de son préavis elle avait déjà trouver un appartement meublé à logpom alors comme convenue elle attendait t'en parler à Ethan pour qu'il se charge de payer. Ce jour Sonia avait voyagé pour aller passer un peu de temps avec maman Anne alors Nancy était seule à la maison avec Ethan.

Elle l'attendit ce soir jusqu'à très tard dans la nuit mais il ne rentrait toujours pas alors au environ de 2H elle alla se coucher. Tout juste une quinzaine de minutes après son entrée dans la chambre, elle suivit le portail qui s'ouvrit alors elle alla

regarder et se rendit compte qu'il s'agissait d'Ethan alors elle l'entendit au salon pour discuter.

Il semblait être bien sonné et avançait avec une démarche titubante mais elle n'avait vraiment rien à faire de sa tout ce qui l'emportait c'était qu'il sache ce qu'elle avait à lui dire.

_ bonsoir Ethan je voudrais qu'on parle c'est possible?

_ où est ma femme?

_ j'en ai aucune idée d'ailleurs je ne suis pas son garde du corps que je sache.

_ bon okay que me veux-tu femme stérile?

_ rien juste te dire bonne nuit.

Nancy se sentant insulter parce qu'il venait de dire et préféras ajourner leur conversation pour éviter que cela ne dérape. Elle prit un gros verre d'eau puis alla se coucher de nouveau. Aux alentours de 4h elle entendit sa porte s'ouvrir puis une personne se glissa dans son lit.

_ que fais-tu ici? rentre dans ta chambre.

_ j'ai envie de toi laisse-moi profiter une dernière fois de ta chaire.

_ je ne veux pas et d'ailleurs puis rien ne m'oblige à me donner à toi alors vas-tant je veux dormir.

Elle essaya de le repousser puis d'une dizaine de fois mais à chaque fois il revenait à la charge. Lorsqu'il fut fatigué de demander calmement il posa sa bouche sur son visage et lui murmura dans le creux de l'oreille : tu m'appartiens et je fais ce que je veux de toi. Elle se débattait et criait mais il n'avait rien à faire d'elle.

Il passa sa langue sur son ventre puis remonta sur son sein ensuite sa bouche tout en la doigtant. En essayant de se débattre elle réussit à atteindre la veilleuse qui se trouvait tout prêt du lit. Elle attendit qu'il baisse légèrement sa garde et lui assainit un violent coup sur la tête.

Elle sorti du lit et se rendit vers l'une des chambres du bas pour s'enfermer mais à peine elle réussit à descendre deux marches qu'une main la saisi et la ramena en haut.

_ tu penses que je vais te laisser t'en sortir comme ça? oui tu te fais des idées.

_ Ethan je t'en prie ne me viole pas nous pouvons tout recommencer à zéro pense y mon amour.

_ oui mais peut-être après cette nuit.

Nancy essayait de crier de tous ses forces mais malheureusement les pièces étaient insonorisées alors c'était peine perdu. Lorsqu'il fut rassasié de ses cris il l'assomma ensuite il profita de ce moment d'accalmie pour la pénétrer. Lorsqu'il termina il alla prendre une douche et l'abandonna coucher là la même le sol les jambes ouvertes répandue de sa semence.

Lorsqu'elle se réveilla à 6 h elle avait honte d'elle se sentait sale et n'arrivait même pas se regarder dans le miroir. Le coup que lui avait donné Ethan lui provoqua une grosse migraine qui voulut la clouer au lit mais elle devait se rendre à l'école car les enfants passaient des interrogations.

Ce jour en quittant la maison pour se rendre au boulot elle trouva un chèque de deux millions et un mot sur lequel on pouvait lire :<< Nancy je sais que ce que j'ai fait est impardonnable mais j'aimerais que tu trouver la force pour le faire. L'argent pour ton appartement est en dessous de ce mot. Bisous on se voit le soir.>>

Nancy prit le chèque et le mit dans son sac tandis qu'elle plia le mot et le mit à la poubelle. Toute la matinée au boulot elle fut dérangée et ne cessait pas de penser à cela. Vers la mi-journée elle se sentit incapable de continuer sur cette lancé alors elle demanda quelques jours de congé qui lui fit accordé sans trop de mal.

Elle ne voulait plus passer ne serres qu'une nuit de plus dans cette maison alors elle prit un taxi dépôt qui lui conduit jusqu'à la maison elle ramassa tout ce qui lui

appartenait (habits, chaussures ...) et quitta les lieux sans laisser la moindre information sur le lieu où elle allait vivre.

Chapter 7

Une semaine s'était déjà écoulé depuis son départ de la maison, elle en avait souffert au départ mais maintenant elle reprenait sa vie d'avant. Elle sortait pour uniquement faire le shopping où se rendre au travail sinon le reste du temps elle le passait à la maison à regarde la télévision où à se divertir sur le web. Ethan l'appelait tous les jours mais elle ne décrochait jamais pour elle bien qu'elle ne l'avait pas encore oublié il était de l'histoire ancienne, un passé qui méritait d'être enterré.

La seule personne avec qui elle était resté en contact était williams car pour elle il était différent de son frère et carrément l'opposé de sa mère qui d'ailleurs fit une fête pour célébrer son départ. Elle savait que cette femme ne l'avait jamais aimé mais de là à faire une fête pour son départ elle trouvait cela un peu déplacer.

Maintenant Nancy considérait son travail comme son mari et ses élevés comme ses enfants alors elle s'y donnait à fond pour obtenir toujours de bon Résultats.

Un après-midi alors qu'elle faisait le nettoyage après une journée de classe dans l'atelier dessin elle remarqua une petite fille qui était assise toute seule sur un banc. Elle jeta un coup d'œil autour de la petite et remarqua qu'il avait aucun parent alors elle alla voir ce qui se passait.

_ bonsoir ma puce.

_ bonsoir madame Nancy.

_ comment vas-tu?

_ je vais bien madame et vous?

_ je vais également bien merci sinon pourquoi es-tu triste?

_ papa a encore oublié de venir me chercher.

_ or ma puce c'est pas grave tu as son numéro écrit quelque part? _

peut-être dans l'un de mes cahiers.

Nancy prit un cahier dans son cartable et lança l'appel, le téléphone sonna à de nombreuses reprise mais il ne décrocha à aucun appel.

_ bon ça ne passe pas. Tu connais le numéro d'une autre personne que l'on peut contacter?

_ non je ne connais pas.

_ même celui de ta maman?

_ mon papa dit que ma maman est partie au ciel que de là-bas elle continue à Veiller sur moi.

_ bon vous habitez où?

_ je ne connais pas.

_ bon vient m'aider à terminer le ménage ensuite on ira chercher ton papa.

Elle prit la main de la petite fille pour la rassurer puis elle se rendit ensemble dans la salle de dessin pour terminer le ménage. Après une bonne quinzaine de minute passé à nettoyer de fond en comble la salle elles terminèrent enfin.

L'enfant ne connaissait pas où se trouvait leur maison alors Nancy jeta un coup dans la base de donné de l'école mais elle ne trouva rien de concluant. Elle n'avait pas accès aux informations personnelles des élevés alors elle se rendit chez le directeur qui l'informa que le père de la petite travaillait dans une entreprise à Bali.

N'ayant pas trop le choix elle prit l'enfant stoppa un taxi et se rendit à son lieu de service.

Après des embouteillages interminables ils arrivèrent enfin à destination.

  _ bonjour madame que pouvons faire pour vous ?

  _ j'aimerais rencontrer le père de la petite.

  _ il est en réunion mais dès qu'il termine je le mets au courant de votre présence.

En attendant vous pouvez attendre dans la pièce d'à côté.

Nancy toute furax prit la petite et alla attendre dans la pièce d'à côté. Une trentaine de minutes plus tard une personne entra dans la pièce tout fatigué comme ci il venait de courir un marathon. Il s'approcha d'eux et prit la petite dans ses bras.

_ Rainbow ma princesse je suis désolé de t'avoir encore oublié.

_ papa c'est pas grave je sais que c'est le travail qui t'occupe beaucoup.

_ excusez-moi de vouloir gâcher cette instant mais je me pose une question qui hélas ne trouve toujours pas de réponse valable dans ma tête. Comment pouvez-vous oublie d'aller chercher votre propre enfant ? et si je n'avais pas été là ? si elle était partie seule et sur le chemin elle avait été violé ou kidnappée qu'auriez-vous fait ?

_ je serais certainement devenu fou.

_ mais pourquoi donner dans ce cas plus de crédit à une réunion qu'à votre fille ? vraiment vous me mettez dans tous mes états alors je préfère m'en aller Rainbow à demain.

Elle prit son sac et quitta les lieux elle alla entendre un taxi au bord de voie lorsqu'une personne surgit de nulle part et lui prit la main.

_ je n'ai pas aimé la manière dont vous m'avez parler alors je tenais à m'excuser pour mon comportement et vous dire que vous avez totalement raison Rainbow est censé passé avant le travail non être reléguer au second plan.

_ vous n'avez pas à vous excusez d'ailleurs je suis allé un peu long dans mes dires

bons je dois y aller.

_ tenez voici de quoi payer votre transport c'est au moins le minimum que je

puisse faire.

_ non merci j'ai pas besoin de votre argent j'ai juste fait ce qui me semblait approprier.

Aussitôt qu'elle termina sa phrase elle monta dans un taxi laissant ainsi le père Rainbow seul sur la chaussée. Le lendemain matin Nancy se réveilla très tôt car elle avait un cours à préparer pour sa classe de cm1. Lorsqu'elle termina elle fit rapidement le ménage, cuisina un petit repas pour le soir puis alla prendre un bain pour se rendre à l'école.

À la pause de 10h elle était en train de prendre son petit déjeuner dans la salle des professeurs lorsque Rainbow accourut et bondit sur elle.

_ bonjour ma puce que fais-tu ici ?

_ bonjour madame je suis venus accompagner …

_ je sais que ça peut paraitre bizarre mais c'est moi qu'elle est venue accompagné.
Bon ma puce tu peux retourner jouer je vais me débrouiller pour la suite.

_ quelle surprise !

_ pour aller doit eu but hier je n'ai pas apprécié la manière avant laquelle vous m'avez répondu avant de partir.

_ je suis désolé c'est bon vous pouvez partir.

_ en fait je suis venu pour vous inviter à diner à la maison.

_ et la réponse est non vous pouvez partir.

_ je vous s'en pris je veux juste me faire pardonner.

_ c'est déjà fait vous pouvez partir.

_ bon si pour vous le diner semble un peu trop conventionnelle vous pouvez

choisir le lieu, l'heure et même le repas.

_ monsieur je vais appeler la sécurité si vous continuer.

_ bon optons alors pour un déjeuner demain à trois ça tombe même bien demain

c'est samedi.

_ ma réponse reste la même non !

_ vous ne pouvez tout de même pas refusez un simple déjeuner à ce visage d'ange.

Il fit une petite grimace qui poussa Nancy à rire.

_ bon oui je suis d'accord on se voit demain 11H.

_ enfin merci j'ai cru que j'allais y passer toute la journée. Bon à force de nous

crier dessus nous avons oublié les rudiments. Moi c'est Tayler et toi ?

_ moi c'est Nancy.

_ beau prénom bon à plus.

_ bye.

Nancy le regarda parti plus elle alla continuer à vaqué à ses occupations. Ce jour elle termina plutôt alors profita de cela pour faire quelque petite course et rafraichir sa coupe de cheveux. Après avoir fait ses achats dans un supermarché tout près de son lieu de service elle emprunta une moto pour se rendre chez son coiffure. Sur le chemin elle remarqua une voiture qui l'était familier qui semblait les suivre et l'indiqua même au conducteur qui essayant de la rassurée que c'était une simple ressemble et qu'elle se faisait des idées.

Une fois arrivée elle descendit et régla la course puis se rendit chez son coiffeur. Il n'avait pas trop de monde alors il réussit à la coiffer. Il lui fit lavage capillaire puis lui posa un postiche naturel en vente dans le magasin. Une heure plus tard après son entrée dans le salon elle sortir.

Elle était arrêtée sur le trottoir à attendre un taxi lorsqu'une personne posa sa main sur épaule elle sursauta et se retourna.

_ non que me veux-tu encore ?

_ bonsoir Nancy j'ai essayé de te joindre plus d'un million de fois mais je tombais

toujours sur ton répondeur.

_ Ethan tu vas comprendre quand je ne veux rien avoir avec toi ?

_ je voudrais que tu reviennes à la maison je t'en prie Nancy je t'ai toujours aimé.

_ et ta femme ?

_ après son accouchement elle quittera la maison je t'en prie ensemble on pourra s'occuper de cette enfant comme le nôtre.

_ Ethan je suis désolé mais j'essaie de passer à autre chose alors je t'en prie laissemoi tranquille.

_ le fait que t'es garder cette bague sur ton doigt prouve le contraire, je sais que j'ai commis d'innombrable erreur…

_ je suis désolé j'ai des choses à faire dont je dois te laisser.

Elle stoppa un taxi et se rendit à la maison. Une fois à la maison elle s'assit sur la première chaise qu'elle toucha puis se mit à pleurer car elle venait de se rendre compte de la triste réalité. Devant Ethan elle avait essayé de se mentir à elle-même mais au fond d'elle elle savait qu'il occupait encore une place importante dans son cœur.

Elle avait tout essayé la musique, la lecture, le yoga et même le développement personnel mais elle n'arrivait toujours pas à l'oublier. Tout le restant de la journée elle le passa toute abattue. Après avoir passé l'une des nuits les plus longue de sa vie elle prit la décision qu'il fallait, elle enleva sa bague et la jeta dans les toilette et tira la chasse d'eau.

Après cette petite cérémonie d'adieux elle se sentit prête à aller de l'avant et refaire sa vie. L'heure du rendez-vous approchait à grand pas alors elle alla se prépare. Pendant ce temps Tayler et Rainbow l'attendaient déjà au restaurant depuis une quinzaine de minutes. Ils y passèrent une bonne heure à attendre plus ils décidèrent de rentrer lorsqu'ils la virent arriver dans une sublime robe fleurir qui mettait ses formes en valeur.

_ bonjour ma princesse, bonjour Tayler je suis désolé pour le retard.

_ bonjour madame la maitresse.

_ bonjour Nancy je comprends je suppose que t'avais beaucoup de chose à faire, sinon comment vas-tu ?

_ je vais plutôt bien et vous ?

_ Rainbow a eu un petit coup de froid le matin mais cava déjà. Excuse mais j'ai l'impression que ça ne vas pas comme tu prêtant nous le faire savoir.

_ non ce n'est rien d'important promis.

_ ok je pense que maintenant nous pouvons commander un truc !

Il appela l'un des serveurs et passèrent leurs commandes. Tayler prit des œufs pochés avec une tasse d'expresso, Rainbow et Nancy prirent des pancakes et avec des jus de fruits. Lorsqu'ils terminèrent Tayler commanda une des boxes surpris que mettais le restaurant à disposition des clients.

Il proposa par la suite qu'ils se rendent dans un parc pour que Rainbow puise s'amuser un peu. Il demanda à Nancy de s'y rendre avec eux mais elle déclina son offre mais ne voulant pas se laisser faire il insista à de nombreuse reprise et elle finit par céder. Après une quinzaine de minute de route ils finirent par y arriver. Rainbow alla jouer avec les autres enfants tandis qu'eux s'éloignèrent un peu pour discuter.

_ sur le chemin j'ai eu mille façon de te le dire mais je préfère rester direct t'es très belle Nancy.

_ merci beaucoup du compliment.

_ bon la dernière fois qu'on s'était vu t'avais une alliance à ton doigt t'es marié ou fiancé ? juste question de savoir.

_ je l'ai été il a peu plus tout à basculer et le divorce fut inévitable.

_ je suis vraiment désolé pour tout cela je n'en savais rien.

_ ce n'est pas grave c'est la vie sinon toi que fais-tu dans la vie ?

_ moi c'est Tayler j'ai 36ans je suis neurochirurgien aux Etats-Unis, jeune entrepreneur, père d'une belle petite fille parfois casse pied de 6ans et pour couronner le tout je

    suis veuf.

    _ moi je m'appelle Nancy j'aurai 30 ans dans trois mois, je suis enseignante et

divorcer.

    _ vous ne reflétez vraiment pas votre Age car lorsque je vous regarde je vous donne 26ans grand max. vous êtes vraiment sublime.

    _ merci, je sais que c'est indiscret mais j'aimerais savoir la cause de la mort de

votre épouse.

    _ elle s'appelait Anne elle était belle, souriante toujours de bonne humeur je ne peux pas dire que c'était le parfait amour entre nous car parfois on avait nos prises de bec mais tout de même on s'entendait bien. Un jour lors d'un check-up on lui découvrir un cancer du côlon au stade 3 on n'arrivait pas à le croire alors on fit de nombreux examen mais le résultat était le même. Ce temps-là nous étions au us alors on consulta un spécialiste qui nous orienta vers de nombreuses chirurgies, chimiothérapies et de radiographies. Il avait des beaux comme des mauvais jours. Puis un jour l'on se rendit compte que le cancer avait progressé au stade4. J'ai tout fait pour la convaincre de poursuivre le traitement mais elle était à bout tout ce qu'elle voulait c'était de profiter du temps qui lui restait avec sa fille. Alors on la plaça sous un traitement palliatif pour qu'elle ait une bonne fin de vie. J'en souffrait énormément chaque jour, quand je m'endormais c'était avec la peur au ventre de me réveiller sans pouvoir voire son visage et ressentir sa main qui caressait toujours affectueusement la mienne. Cinq mois après l'arrêter du traitement elle rendit l'âme dans mes bras, ce jour je n'avais même pas la force de pleurer tellement j'étais déplacé par tout ce qui venait de m'arriver. Une semaine après son décès nous avons fait les obsèques puis j'ai pris une année sabbatique et je suis rentrée au pays le temps de me retrouver et finalement j'y suis depuis 2ans maintenant.

    _ j'ai vraiment de la peine pour vous mais pourquoi ne

pas retourner travailler làbas ?

_ j'y pense déjà vu que la structure avance déjà bien mais pour le moment j'attends d'avoir une raison suffisante pour y retourner.

À peine il termina sa phrase que Rainbow revenu en larme, elle avait fait une chute et c'était salement amoché le coude alors il ajourna leur sortie pour l'amener chez le médecin mais avant de partir ils s'échangèrent les numéros de téléphone. Nancy resta encore au parc une bonne demie heure après leur départ puis elle aussi rentra chez elle. Tout le long de la journée elle pouvait pas s'empêcher de penser à Tayler alors elle entendit le soir pour pouvoir l'appeler.

Tayler était assis à la terrasse plonger dans ses pensées lorsque la sonnerie de son portable lui extirpa.

_ bonsoir je pensais que te n'allais jamais m'appeler !

_ bonsoir j'appelle pour prendre des nouvelles de Rainbow cava ?

_ plus de peur que de mal elle va bien on lui a mis quelques points de suture et nous sommes rentrée.

_ ce qui veut dire que tu pouvais le faire toi-même alors pourquoi l'amener à

l'hôpital ?

_ je soupçonnais une fracture mais bon la prochaine fois je ferais plus attention

promis !

_ tu as intérêt bon je dois te laisser.

_ non ne raccroche pas je veux te poser une question.

_ laquelle ?

_ tu as appelé pour prendre des nouvelles de Rainbow ou pour suivre ma voix ?

Nancy éclata de rire et raccrocha.

Plus les jours passaient et leur relation devenait de plus en plus sérieuse ils dinaient ensemble chaque semaine, passaient des heures au téléphone et parfois des weekends à trois dans les quatre coins du pays. Ainsi en un laps de temps trois mois s'étaient écoulé, l'anniversaire de Nancy était dans une semaine alors Tayler commença à lui préparer une surprise sans qu'elle ne s'en rende compte il fit tout ce qu'il faut.

Le jours j était enfin arrivé le 5avril le jour que Nancy poussa son tout premier cri. Elle se réveilla ce jour tout joyeuse et fit le ménage car elle s'attendait à recevoir de la visite. Elle nettoya tout de fond en comble et prit la peine de cuisiner un rôti de canard mais personne ne toqua chez elle de toute la journée. Elle avait même commandé un gâteau pour l'occasion mais elle se retrouva à le manger toute seule.

La seule personne qui l'appela ce jour fut Ashley mais même avec elle l'appel dura à peine une minute et cette dernière raccrocha prétextant qu'elle avait une urgence dans son service. Elle était tellement seule ce soir qu'elle finit par décrocher à l'un des appels d'Ethan qui l'invitait diner dans l'un des restaurant les plus chic de la ville. Elle pesa le pour et le contre puis sauta sur l'occasion.

Elle enfila une robe des plus sobres possible pour ne pas attirer l'attention des gens, aux pieds elle mit des ballerines et attacha ses cheveux avec un foulard. Dans les normes le trajet de sa maison au restaurant est d'à peine une heure mais vu que c'était à une heure de pointe elle y passa deux bonnes heures.

_ bonsoir désolé pour le retard j'ai été coincé dans les embouteillages.

_ bonsoir Nancy c'est pas grave l'important est que tu sois là. En passant t'es sublime dans ta tenue même comme je te voyais avec une tenue un peu plus tape à l'œil comme d'habitude.

_ non cette fois j'ai voulu changer la donne. Bon on ne commande pas moi j'ai une faim de loup !

Ethan sourit et appela le serveur pour prendre leur commande. Tout le long tu repas il régnait un silence de mort alors il dut rompre tout ça pour rendre l'ambiance un peu plus conviviale.

_ comment vas le boulot Nancy ?

_ cava parfois épuisant mais l'on s'en sort et le tien ?

_ bon comme tu l'a dit c'est fatiguant mais bon c'est le boulot on fait avec.

_ c'est vrai t'a pu ouvrir les autres centres de loisir ?

_ celui de Edéa est disponible depuis quelques semaines et bientôt je lance celui

de Yaoundé de quoi m'ajouter une seconde couche de travail mais bon.

_ ta mine a changé depuis la dernière fois qu'on s'était vu t'as un petit ami ?

_ cela ne te regarde plus d'ailleurs là nous parlons de nous principalement de moi mais de toi non. Comment vas Sonia ?

_ elle devient chiante de jour en jour avec ses envies bizarres sinon cava.

_ et votre mariage est prévue pour quand ?

_ on en a discuté et l'on a conclu que mieux l'on arrêter tout nous sommes juste ensemble pour l'enfant qui arrive dans un mois.

_ pauvre petite elle aurait dû savoir dans quoi elle fourrait ses pieds avant de porter ce genre de charge.

_ Nancy chaque fois je te le dis mais tu ne comprends pas je ne l'aime pas c'est toi

que j'aime je t'en prie reviens à la maison on pourra tout reprendre dès le départ.

_ que je sache t'as pas une machine à remonter le temps alors lâche moi les

baskets avec tes sottises. Tu vois je suis passée cette fois véritablement à autre chose.

Ethan quitta sa chaise et se mit sur ses genoux devant toute la scène et sortit une bague.

_ Nancy je te demande pardon alors veut tu

redevenir ma femme ?

Tous les regards étaient braqués sur eux dans la salle, certains filmaient avec leurs portables pour immortaliser le moment. Pendant ce temps Nancy était dans sa petite bulle elle réfléchissait à la manière là moins violente pour lui dire sa réponse.

_ je suis désolé je dois m'en aller je n'aurais pas dû venir.

_ Nancy pourquoi attend moi.

Lorsqu'elle quittait la scène certaines filles lui lançaient des regards noirs certainement car pour la plupart elle aurait voulu être à la place de cette dernière tandis que d'autre semblaient êtres compatissante. Une fois dehors Ethan réussit à la rattraper.

_ Nancy pourquoi t'enfuis tu ?

_ je pense avoir été clair en sortant je n'aurais pas dû venir tout simplement comprend le.

_ bon je sais qu'un jour tu reviendras sur ta décision alors en attendant j'ai une surprise pour toi.

Il fit un signe de la main à l'un des portiers du restaurant qui alla prendre une des voitures dans le parking. Lorsque Nancy le vit arrivé elle n'arrivait pas le croire.

_ Ethan ne me dit pas que t'as osé ?

_ malheureusement si j'ai osé joyeux anniversaire ma puce.

Elle le prit dans ses bras puis prit les clés et monta dans la voiture pour se familiariser avec l'environnement puis elle descendit.

_ Ethan j'aime l'initiative et j'aurais vraiment voulu avoir cette voiture comme cadeau d'anniversaire mais je ne peux pas accepter.

_ même si tu ne m'aimes plus prend les clés.

_si je le fais je vais me sentir redevable envers toi alors je préfère éviter cela.

Merci pour le repas prend soin de toi et de ta petite famille.

Elle quitta le parking avec une assurance sans pareil laissant

Ethan tout abattu les clés de sa nouvelle voiture en main. Sur le chemin du retour Nancy ne faisait que penser à tout ce qui venait de lui arriver là elle comprit finalement le sens de l'une des phrases qu'Ashley prononçait tout le temps :<< lorsqu'une relation se termine s'est inutile d'essayer de recoller les morceaux car l'on finit souvent par se couper.>> dans le taxi elle reçut un message d'Ashley qui lui faisait savoir qu'une surprise l'attendait dans un hôtel de la place.

Elle descendit du taxi et remonta dans un autre en direction du fameux hôtel. Une fois sur les lieux elle se rendit à l'accueil qui lui remit les clés d'une suite. Curieuse de découvrir ce qui était au bout elle s'empressa de monter les marches qui menait à celle-ci. Une fois devant la porte elle prit une grande inspiration avant t'insérer la clé dans la serrure.

La chambre offrait une vue spectaculaire sur la capitale industrielle du Cameroun, dans la chambre il avait des fleurs et des ballons sur les murs qui formaient <<happy birthday Nancy>>, << 30 years isn't one day>> et bien d'autres choses. Nancy était toute joyeuse de la surprise que lui avait faite sa meilleure amie.

Elle alla prendre un bain pour pouvoir dormir sans gêne et profiter de sa nuit lorsqu'elle se rendit compte l'on avait personnalisé les savons, gel de douche, champoing … à son effigie après cela elle pensait avoir tout vu jusqu'à ce l'on sonne à la porte. Elle était encore toute nue et les cheveux mouillés alors elle enfila un peignoir et alla ouvrir.

_ bonsoir madame on nous a demandé de vous faire monter ça.

_ merci vous pouvez le mettre là tout prêt de la commode.

Nancy n'arrivait à le croire c'était une bouteille de vin d'une valeur d'à peu près un million de franc dans une cave. Cette bouteille était accompagné d'un mot : << Nancy ma belle, mon amour, ma sœur, ma confidente, ma meilleure amie en fait t'es plein de chose pour moi. Ma puce je sais que la distance nous veut du mal mais sache que je serais toujours là moi toi comme tu seras toujours là pour moi. Les mots me manquent pour t'exprimer mon amour joyeux anniversaire surtout profite à fond car 30ans ce n'est pas un an ni une journée ma puce. Je t'embrasse très fort surtout finit pas cette bouteille de vin hein garde ma part j'arrive. Bye ma puce profite de l'instant.>>

Nancy essaya de se retenir mais se fut plus fort qu'elle et elle fondit en larme décidément sa journée avait mal commencé mais ce terminait sur de bonne note. Avant d'ouvrir la bouteille et fit une petite vidéo pour remercia celle avec qui elle partageait depuis toujours sa peine et ses joies ensuite elle s'éclata à fond dans la chambre et finit par s'endormir un verre de vin à main.

Elle fut réveillé le lendemain par un appel du concierge de son immeuble.

_ allô

_ bonjour madame c'est le concierge de votre immeuble.

_ oui il a un souci ?

_ bon je vais aller droit au but nous avons été victime d'un cambriolage et votre appartement n'a pas été épargné.

_ bon j'arrive tout de suite.

Elle sursauta du lit et alla prendre son bain elle attacha ses cheveux du mieux qu'elle pouvait et prit la route s'en oublie de laisser un pourboire pour la personne qui faisait le ménage vu le raffut qu'elle avait foutue dans la suite.

Après une heure de route elle arriva enfin chez elle et se dirigea sans plus tarder vers son appartement. Dès qu'elle ouvrit la porte elle entendit des gens criés joyeux anniversaire elle n'arrivait pas à le croire. La maison avait été décoré, il avait de nombreux plateaux de pâtisserie et des bouteilles de vin hors de prix.

Elle remercia tout le monde dans la salle puis une personne lui souffla dans le creux de l'oreille t'a oublié de remercié une personne.

_ pardon !

_ Rainbow et moi te souhaitons un joyeux anniversaire.

_ ah Tayler j'aurais dû m'en douter tout cela ne pouvait pas se faire seul comme par magie. Où est la petite ?

_ chez le dentiste puis elle ira voir des copines alors je ne voulais pas gâcher sa journée je suis venu seul.

_ merci encore pour la surprise mais tu ne devais pas et d'ailleurs t'as beaucoup dépensé.

_ ne t'inquiète pas du montant que j'ai dû payé pour avoir tout ça c'est rien comparé à l'amitié que nous partageons. En fait un truc plus grand été prévu hier mais je n'étais pas dans ville alors j'ai dû annuler.

_ ce n'est pas grave l'important c'est que tu sois là.

Ils passèrent tous ensemble un bon moment puis les invités commencèrent à s'en aller jusqu'à ce qu'il ne reste plus que Tayler et elle.

_ bon je pense que c'était le dernier invité maintenant je pense que je peux t'aider

à ranger un peu et partir.

_ non reste encore un peu nous pouvons regarder un film.

_ bon ok je suis partant vu que je n'ai rien d'autre à faire mais t'as des pop-corn ?

_ non je n'en ai pas mais à la place j'ai du gâteau.

_ je pense que ça feras la faire.

Elle leur prit des tranches de gâteau puis ils se mirent à regarder un film à l'eau de rose qu'avais choisi Tayler mais Nancy le trouva un peu chiant alors elle mit à la place un bon film d'horreur. Lors d'une scène très stressante Nancy sursauta et sans s'en rendre compte et renversa le plat de gâteau qu'elle avait en main sur le visage de Tayler.

_ je suis désolé je ne l'ai pas fait exprès.

Envoya Nancy tout en riant alors pour se venger Tayler fit semblant d'avoir oublié et lui mit également du gâteau sur le visage. Après ça une bataille de gâteau se déclencha il mit du gâteau partout,

Nancy en avait dans les cheveux tandis que lui en avait plein le visage et les vêtements. Lorsqu'ils eurent plus de gâteau à jeter ils s'arrêtèrent, Tayler passa sa main dans les cheveux de Nancy, il s'approcha tout doucement jusqu'à ce que leurs lèvres s'effleurèrent. Il pouvait sentit le souffle chaud de Nancy sur peau, ils restèrent dans cette position une fraction de seconde puis ils échangèrent un doux et long baisé.

_ Nancy je suis désolé ça n'aurait pas dû arriver là je s'en suis vraiment navré.

Nancy essaya de lui répondre mais elle était impuissante et n'arrivais même pas à prononcer un seul mot.

Chapter 8

Cela faisait déjà un mois jour pour jour que le contact avait été coupé entre moi et Tayler.

J'essayais de le joindre à de nombreuses reprises mais il ne décrochait pas mes appels et ignorait mes texto. Je ne savais vraiment pas si ce soir j'avais fait un truc de mal pour mériter tout cela.

Chaque jour lorsque je me rendais au boulot c'était dans l'espoir de le voir venir déposer Rainbow mais curieusement depuis la reprise des classes c'était son chauffeur qui se chargeait de cela. J'avais même essayait d'obtenir des réponses en cuisinant sa fille mais à chaque fois elle n'en savait rien. Tout cela me fit prendre conscience qu'au-delà de l'amitié que nous partageons je commençais à avoir des sentiments pour lui que j'essayais tant bien que mal de refoulé mais je n'y arrivais plus.

Vendredi après mon service je pris la ferme décision d'aller le voir dans son lieu de service pour en finir une fois pour toute avec cette histoire. Après une heure passée dans les bouchons j'arriva enfin à destination.

_ bonjour madame que puissè-je faire pour vous ?

_ je voudrais rencontrer monsieur Tayler.

_vous avez un rendez-vous ?

_ non mais dit lui que c'est Nancy et que c'est urgent.

La fille de l'accueille passa un coup de fil puis me fit savoir qu'il était occupé et ne pouvais me voir. Dans tous mes états je piquai une crise et je fis interruption dans son bureau. Lorsque je fis à sa hauteur je lui mis une bonne gifle puis je m'en allai.

À peine je mis le pied à l'extérieur de l'enceinte des locaux de son entreprise qu'il me stoppa en m'arrêter le poignet.

_ lâche moi j'ai des choses puis urgente à faire.

_ Nancy je suis désolé mais depuis ce jour j'ai voulu prendre mes distances avec toi car je me suis rendu compte que ce que je ressens pour toi n'est pas réciproque.

     _ lorsque tu termines ton cinéma tu me dis !

     _ je n'arrivais pas à te le dire avant mais j'ai marre de jouer comme si j'étais encore un gamin. Nancy je t'aime.

  J'avais envie de le serré très fort dans mes bras mais je ne voulais pas qu'il se fasse des idées et qu'il pense qu'il avait tout pour acquis alors je lui fis une bise sur la joue et m'en alla.
Dans le taxi il m'appela et m'invita diner chez lui pour se faire pardonner. J'étais aux anges car il avait enfin pris les devants. Une fois à la maison je pris tout d'abord une douche pour me rafraichir ensuite j'appliqua un maquillage nude et mit l'une de mes nombreuses perruques. Pour la soirée j'avais osé cette fois car je voulais l'annoncer dès mon entrée qu'on devait journée carte sur table.

  Je mis une longue robe de soirée ayant une fente allant du pied jusqu'à ma cuisse, elle avait également un décolleté plongeant qui mettait en valeur ma poitrine et pour finir je mis des talons Lou Boutin. Le tout fut accessoirisé avec une poche Yves saint Laurent et un collier en perle. Lorsque je terminai ma mise en beauté j'alla m'assoir un moment sur l'un de mes canapés lorsqu'une personne toqua à la porte alors j'allais voir qui c'était.

     _ bonsoir madame c'est monsieur Tayler qui m'a envoyé vous chercher.

     _ bonsoir juste un instant j'arrive.

  J'alla faire une dernière retouche sur mon maquilla et je mis un bon coup de parfums sur moi direction le lieu du rendez-vous. Tout le long du trajet le chauffeur resta silencieux il ne bavardait pas beaucoup alors pour passer le temps je pris mon portable et me mit et me mirer et à consulter mes mails ainsi que mes différents réseau-sociaux. Ainsi le temps passa plus vite que prévu et on arriva enfin chez Tayler.

  Il habitait dans une grande villa de deux étages, une fois à l'intérieur je me rendis compte tu travailles immense qu'il avait abattu niveau décoration en si peu de temps chose pour moi qui paraissait impossible à faire. Il avait des fleurs partout parmi lesquelles on distinguait des roses aussi bien blanche que rouge, du lilas, des touches de tournesol, de lavande et d'orchidée. Sur les murs il avait des ballons qui disait :<< i Am sorry >>. Décidément il ne faisait pas partie de ceux qui faisait les choses à moitié.

_ bonsoir Nancy comment vas-tu ?

_ bonsoir Tayler je vais plutôt bien et toi ?

_ je me sens mal de t'avoir fait souffrir mais ce soir je me rattrape. En passant j'ai oublié de te dire que t'es très belle dans ta tenue.

_ merci toi aussi ce costume te va plutôt bien.

Il m'arrêta par la main et me conduit jusqu'à la salle à manger où nous attendait un gigantesque buffet. Tout ça me donnait l'eau à la bouche alors j'étais impatience de commencé.

_ waouh tu l'as fait tout seule où tu as loué les services d'un particulier ?

_ pour la décoration c'est mon jardinier qui s'en ai chargé, le repas ma bonne et

moi je supervisais le tout.

_ ah je vois maintenant et d'ailleurs ça ne m'étonne pas car je te connais plutôt comme étant une personne paresseuse.

Le repas qu'il avait fait pour la réception était vraiment super ce soir j'ai mangé tout ce qui passais. À un moment il m'a même demandé de ralentir un peu mais j'avais une faim de loup on dirait que je mangeais pour deux et rien quand n'y pensant je poussai un fou rire à table.

À la fin du repas Tayler m'invita à danser je savais bien et évidemment que je dansais comme deux pieds gauche mais il ne voulait rien comprendre. J'étais catégorique sur ma décision mais il me fit perdre mes sens et s'en m'en rendre compte je dis oui. Lorsque je repasse la scène en boucle dans ma tête je vois l'idiote que je faisais tout en espérant qu'il ne l'ai pas remarqué. Nous étions entrai de danser sous un air de halo l'une des chansons de Beyonce lorsqu'il me serra dans ses bras. Par la suite il colla son visage et contre le mien puis me demanda s'il pouvait. Je ne savais pas ce qu'il voulait faire mais deux voix en moi s'entre choquaient. L'une disait oui tandis que l'autre voulait que je réponds à la négative j'étais dans une impasse. Lorsque Tayler reposa sa question j'avais sans le savoir déjà obtenu la réponse à sa question alors j'accepta et une fraction de seconde plus-tard il m'embrassa.

Ressentir ses lèvres contre les miennes me donnait des frissons, à un moment je me suis dit que c'était un produit de mon imagination tellement il embrassait divinement bien. Le baiser durant une dizaine de minutes plus il se mit à me caresser les fesses puis la hanche tout en remonta de plus en plus vers ma poitrine. Je savais ce qu'il voulait car je le désirais aussi même si je n'osais pas l'avouer mais avant tout il fallait que je lui demande un truc.

_ arrêt Tayler.

_ pourquoi ça ne te plait pas ? ou c'est autre chose ?

_ non, non juste que je me dis que Rainbow pourrait nous surprendre si nous le

faisons maintenant et ici.

_ non ne t'inquiète j'ai pensé à ça alors je l'ai envoyé passé le weekend chez l'une de ses copines.

Aussitôt qu'il termina de parler il me prit dans ses bras et m'emporta dans sa chambre. Il avait des pétales de rose partout et boite en forme de cœur au centre du lit. Il me lança sur le lit se dépêcha d'hotta son costume qu'il portait ce qu'il laissa à découvert ses plaquettes de chocolat subtilement tracé chaque partie de son corps était un délice à regarder. Ce soir fut inoubliable et resta gravé dans ma mémoire.

Le lendemain matin lorsque je me réveillai je trouvai qu'il avait déjà pris le soin de me préparer le petit déjeuner qu'il me servit au lit.

_ bonjour mon amour comment vas-tu ?

_ bonjour je vais très bien tant que tu restes à mes côtés.

_ t'inquiètes pas pour ça nous deux c'est jusqu'à la mort.

Il éclata de rire puis s'assied à mes coté et m'aidait à m'alimenter comme si j'étais un bébé. Tayler n'était pas trop mon style d'homme il était plutôt de petite taille et très calme tandis que moi j'aimais les hommes grands et un peu vif du genre Bad boy mais malgré cette légère différence il avait su prendre mon cœur de par sa beauté aussi bien physique qu'intellectuelle. Son corps qui me donnait des sueurs froides rien quand le voyant tout nu. En dehors de ça il avait un certain charisme qu'il dégageait, imposait le respect et sa bonté et générosité était sans limite pour ne citer que ceux-là. En fait je ne lui trouvais pas de point négatif car pour moi il représentait tout ce dont je recherchais omis certains critères non essentiels. C'était l'homme idéal à mes yeux le genre que l'on voyait uniquement à la télé dans des télé-novelas à la con.

Après avoir pris le petit déjeuner on alla prendre note douche ensemble dans la salle de bain où il avait pris le soin de nous faire couler un bain dans la baignoire. Je voulais que ce moment dure une éternité mais hélas la réalité me rattrapa et je dû abandonner mon nid d'amour à cause d'un coup de fil.

C'était Ethan qui m'annoncer que Sonia venait de donner naissance à des jumeaux qui se portait plutôt bien mais elle était dans un état critique suite au complication alors tout paniqué il ne savait pas quoi faire et n'arrivais pas à garder son sang-froid. Tayler connaissait tout sur ma précédente relation avec Ethan et savait qu'entre nous c'était de l'histoire ancienne alors il me laissa y aller mais avant il me mit le collier en or qu'il m'avait acheté la veille pour se faire pardonner. Il voulut même m'y accompagner mais sur le coup lui aussi reçu un appel du boulot alors il demanda à son chauffeur de me conduire jusqu'à l'hôpital avec l'une de ses voitures tandis que lui allait prendre une autre.

Le Traffic n'était pas très fluide alors le chauffeur faisait de son mieux pour que l'on arrive dans les temps. Moi comme toujours j'étais assise à l'arrière la tête baissée lorsque j'entendit des cris alors je soulevai la tête pour prendre connaissance de la situation et je suivis une grosse détonation à quelques mètres de nous et plus rien.

CHAPTER 9

Lorsque Nancy se réveilla il lui fallut un peu de temps pour qu'elle se rende compte qu'elle était aux urgence sous assistance respiratoire. Elle avait des bleus un peu de partout sur son corps mais elle semblait allé mieux. Une infirmière était dans la salle pour relever ses constantes alors elle bougea son bras pour lui faire de signe de retirer le masque et le tube qu'elle avait dans la gorge qui l'empêchait de respirer d'elle-même. Une fois fait cette dernière alla appeler le médecin qui prenait en charge Nancy tandis que Tayler entra dans la chambre.

_ tu m'as fait peur bon sang comment vas-tu ?

_ j'ai juste un peu mal à la tête sinon je pense que cava je n'ai rien eu de grave. Qu'est-ce qui m'ai arrivé au juste ?

_ vous avez été victime d'une sorte d'accident, un camion-citerne a explosé tout près de vous lorsque tu te rendais à l'hôpital pour voir Ethan.

_ comment vas le chauffeur ?

_ il est en salle d'opération un débris de verre s'est logé dans son cou, ils font tout leur possible pour essayer de le sauver.

_ que Jéhovah le protège ! il a eu beaucoup de mort ?

_ on dénombre une bonne dizaine pour le moment mais c'est uniquement le bilan officiel, ici au urgence la situation nous dit autre chose.
À peine ils terminèrent de discuter que le médecin fit son entrée, il ausculta Nancy puis demanda à Tayler de s'assoir car il avait une importante nouvelle à lui annoncer.

_ j'ai les résultats de vos analyses et je ne sais pas comment vous l'annoncez.

_ je suis également médecin alors je pense que vous pouvez aller droite au but.

_ votre bébé se porte bien mais…

_ bébé comment suis-je enceinte ?

_ oui vous l'êtes de 4mois d'ailleurs félicitations mais

ce n'est pas tout. Lorsque vous êtes arrivé vous saignez de la tête alors l'on a fait un radio pour déterminé l'origine du saignement. Par chance c'était rien de grave juste une légère lésion sauf que en examinant de prêt le scanner nous avons découvert que vous avez un anévrisme cérébral.

_ c'est grave ça se soigne ? demande Nancy toute inquiète.

_ oui une fois tous les examens fait nous pouvons espérer une chirurgie pour la réduire mais c'est impossible au pays car nous ne disposons pas de tableaux technique adéquat.

_ merci beaucoup moi je suis neurochirurgien alors je pense que je vais pouvoir répondre au reste de ses questions.

_ okay je ne savais pas, bon elle pourra sortir dès demain pour les examens une infirmière viendra pour tenir informer.

Nancy attendit que le médecin s'en aille pour fondre en larme.

_ Nancy tu m'avais pourtant dit qu'entre ton ex et toi s'était finit !

_ oui et c'est le ça je ne l'ai plus vu depuis bientôt cinq mois mais je sais que
c'était lui le père.

_ comment en ai tu sûr ?

_ je ne voulais pas t'en parler au depuis de notre relation mais Ethan m'a violé la veille de mon départ de sa maison.

_ tu veux dire que t'étais pas consentante ?

_ oui je ne l'étais pas il m'a frappé et violé ce soir-là j'essayais de me débattre mais je n'y arrivais pas j'avais vraiment honte de moi.

_ ce n'était pas t'a faute c'est lui qui a profité de ta faiblesse et vulnérabilité pour assouvir ses désirs. Mais pourquoi tu n'as pas porté plainte par la suite ?

_ toi-même tu sais qu'on ne m'aurait jamais pris au sérieux surtout qu'à ce moment le divorce n'avait pas encore été déclaré au tribunal dont j'étais encore légalement son épouse.

_ bon cesse de penser à ça maintenant que feras tu l'enfant est déjà là, comptes tu
lui en parler ?

_ non il a déjà deux enfants pourquoi en rajouter un ? je vais prendre soin de mon enfant seule et comme il se doit pour ne pas qu'il ait à subir tout se j'ai subi au côté de son père.

_ dans tous les cas mon amour pour toi reste le même et sache que je serais toujours là pour prendre soin de toi. Bon je pars me prendre une tasse de café.

Tayler était presque à la porte lorsque Nancy le rappela.

_ Tayler attend je voulais que tu dises une chose.

_ oui mon bébé tu veux savoir quoi ?

_c'est quoi un anévrisme ?

_ c'est la dilatation anormale de la paroi d'une artère pour le dire ainsi de manier
plus facile.

_ j'ai peur alors j'aimerais savoir s'il a des risques que j'y succombe ?

_ oui effectivement mais t'as pas en t'en faire je suis neurochirurgien et j'ai une équipe mieux qualifier au usa alors relativise ne pense pas à cela pour le moment. Si tu veux lorsque on aura fait les résultats de l'examen on en reparlera.

_ ok je t'aime.

_ moi aussi.

Tayler représentait vraiment tout ce dont Nancy avait besoin en ce moment ainsi il lui procurait toujours de la joie même quand les occasions ne s'y prêtait pas. Cette nuit fut l'une des belles de la vie de Nancy car elle n'arrivait pas à croire qu'elle était enceinte. Elle avait tout essayé dans le passé mais chaque tentative se soldait toujours par un échec cuisant et maintenant tout spontanément sans usé de quoi que ce soit elle tomba enceinte. C'était un cadeau précieux que lui avait fait Jéhovah alors avait de dormir elle insista à ce qu'on l'aide à agenouiller pour le remercier de cette grâce.

Tayler passa toute la nuit à son chevet puis dû la laisser très tôt car il devait aller récupérer Rainbow pour la préparer pour l'école. En mi-journée l'on annonça à Nancy que le chauffeur c'était tiré d'affaire et allait déjà de mieux en mieux ce qui hotta un peu la tristesse qui submergeait son visage. Pour prouver qu'elle avait un anévrisme cérébral elle devait passer une angiographie cérébrale (IRM) couplée à l'angiographie par résonance magnétique(ARM). Malheureusement le centre dans lequel elle se trouvait ne pouvait pas effectuer de pareil examen alors on l'orienta vers le service de neurologie de l'hôpital générale de douala.

Ne sachant pas si l'anévrisme était au bord de la rupture ou non on l'évacua de toute urgence pour réaliser les examens dans les temps. Passer de pareil examen dans son état n'était pas très conseiller car les rayon X pouvais causer des malformations chez le nouveau. Mais dans une pareille situation ils furent obligé de le faire mais néanmoins ils réglaient le niveau de rayonnante le plus bas.

L'attente des résultats fut la chose la plus dure à faire aussi bien pour Nancy qui était dans l'ignorance que pour Tayler qui savait que si les résultats s'avérait bon Nancy aurait un choix très difficile à faire. Après deux jours d'attente le neurologue en charge de Nancy les donna rendezvous pour discuter des résultats. Sur le chemin de son bureau Nancy était très stressée et arrivait à peine à marcher. Au bout d'une dizaine de pas Tayler se rendit compte de cela alors il lui prit la main pour la mettre en confiance.

_ bonjour Tayler comment vas-tu ?

_non ! dont finalement c'est ici que tu exerces David ! je vais bien et toi ?

_ je vais également bien.

_ je suis désolé de vous interrompre mais nous sommes là pour parler de moi okay.

_ je suis désolé madame Nancy c'est juste que c'était la première fois que l'on se

voile depuis des années.

_ bon je comprends c'était la nostalgie des retrouvailles maintenant parlons de moi.

_ j'ai eu vos résultats hier et oui le premier médecin à avoir passer le diagnostic avait raison vous avez un anévrisme cérébral.

_ il nous avait parlé d'une possible intervention c'est possible ?

Tayler prit le dossier pour en découvrir également le contenu vu qu'il était un plus qualifier étant neurochirurgien.

_ oui nous pouvons effectuer un clippage chirurgical mais...

_ cela est impossible dans ton cas car t'as un anévrisme fusiforme très grande ce qui veut dire que son diamètre est supérieur à 25cm. La particularité avec ce type d'anévrisme est qu'il se rompt très rarement alors une opération n'est pas forcément une bonne idée car elle peut comporter un bénéfice risque.

_ merci Tayler.

_ je suis désolé David c'est la profession qui a pris le dessus. Je te laisse poursuivre.

_cela veut dire que je suis condamné à rester avec cela toute ma vie ?

_ oui et non je vais m'expliquer. Oui parce que de nombreuses personnes

réussissent à vivre avec un anévrisme et pour la plus-part ne le Savent même pas. Mon nom est tout simplement parce que vous êtes enceinte lors de l'accouchement le stress peut provoquer une rupture de l'anévrisme et vous conduire à un accident vasculaire cérébrale hémorragique.

_ chérie ce qui veut dire que pour avoir plus de chance

de survivre tu devras faire une interruption de grossesse volontaire(IGV).

_ dois-je me décider maintenant ?

_ non vous avez un délai d'une semaine pour y réfléchir car passer cela c'a deviendra un peu plus compliqué car vous entreriez pleinement dans le second trimestre de grossesse.

_ qu'elles sont les causes de cette anévrisme et j'aimerais savoir si tout de même il a une infinie chance que je puisse m'en sortir après l'accouchement.

_il existe aucun moyen connu pour déterminer les causes exactes d'un anévrisme chez un patient néanmoins certaines études ont prouvé qu'un anévrisme peut résulter d'une anomalie congénitale, de certaines pathologies héréditaires ou d'affection dégénératives comme l'hypertension ou l'athérosclérose. En fait la liste des causes probable est non exhaustive alors autant mieux s'arrêter sinon on y passera toute la journée.

_ désole de te plomber le moral ainsi mais Nancy les chances que tu t'en sorte sont très mince car cette maladie attaque uniquement 2ou 3% de la population et le plus souvent des femmes se trouvant dans la tranche des 35-60 ans. Le risque de rupture est très faible mais soit

1/100000habitants le tout par an.

_ ce sont des statistiques plutôt encourageant je trouve !

_ Nancy Tayler veut dire que tu peux bien être une exception à la régler car t'es beaucoup plus jeune que la tranche d'Age toucher et cette grosse t'expose encore plus.

Après avoir passé un bon moment à discuter ils durent laisser David recevoir son patient suivant, maintenant la balle était entre les mains de Nancy qui devait faire un choix plus que décisif. Après leur visite chez le médecin Nancy voulu rentrer chez elle alors Tayler ne voulant pas la laisser partir seul décida de la raccompagner. Tout le long du trajet il avait essayé d'en placer une mais Nancy l'évitait sans cesse alors il finit par jeter l'éponge mais ce pour un temps.

Une fois à la maison Tayler ne pouvait plus se retenir alors il entama la discussion.

_ Nancy je sais que c'est ta vie et ta santé qui est en jeu mais pour ton bien avorte
de cette enfant.

_ Tayler depuis que nous sommes sortis du bureau du médecin je ne cesse d'y
penser et cela tourne en boucle dans ma tête. J'ai décidé de garder cette enfant peu importe ce qui m'arrivera.

_ Nancy c'est pas juste tu joues avec ta vie, si c'est l'enfant nous pourrions en
avoir d'autres alors je t'en prie fait le.

_ je ne vais pas perdre cette enfant car c'est peut-être il est le seul que j'aurais. J'attendais le moment idéal pour te le dire mais bon il est temps. Je suis stérile j'ai une ménopause précoce et malgré tous les médicaments que j'avais pris je n'avais pas réussi à concevoir.

_ je te comprends mais toi aussi comprend moi je ne veux pas te perdre en plus
nous avons déjà une petite fille qui fait notre joie !

_ Tayler je t'apprécie vraiment beaucoup mais sur ce point ma décision est prise je ne pourrais jamais avorter de cette enfant car il m'a fait comprendre tout le sens de l'une des citations latines que j'avais apprise au lycée : <<dum spiro spero>> qui signifie tout simplement tant que je vie je garde espoir. Cette enfant est pour moi un don du ciel alors je ferais tout mon possible pour qu'il vienne au monde même au péril de sa vie.

Tayler voulait bien essayer de se mettre à sa place mais pour lui il trouvait encore cette décision un peu grosse à avaler. Il voulut de nouveau apporter son point de vu mais Nancy n'était plus disposé à l'écouter alors elle lui indiqua la sortie. Après cette discussion les deux amis s'étaient désormais perdu de vue. Tayler essayait tout le temps de joindre Nancy mais elle ne répondait jamais, à l'école elle avait déposé sa lettre de démission car elle voulait plus de temps pour prendre soin d'elle.

Un jour elle décida d'aller rendre visite à Sonia qui venait d'accouché enfin de se changer un peu les idées. Elle prit sa douche puis enfila l'un de ses kabas les plus amples pour cacher le début du développement de son ventre et prit la route. Lorsqu'elle arriva elle trouva que la porte était grand ouvert alors elle entra et trouva l'un des bébés en pleure au salon. Etant donné qu'il avait personne elle le prit dans ses bras et s'assied sur l'un des fauteuils de la pièce.

_ ah bonjour Nancy comment vas-tu ? lui lança Sonia qui était venus jeté un coup

d'œil.

_ je vais bien et toi ?

_ je suis à bout c'est deux bout de choux me fatigue. L'autre dort tandis que celui-

ci ce réveille.

_ cava aller pour le moment c'est récurant car ils sont encore petit. En passant comment s'appellent t'ils ?

_ celui que tu tiens c'est nans on pensait que c'était une fille alors on était déjà parti sur Nancy mais bon l'homme veut dieu dispose. Le second s'appelle willo.

_ waouh merci pour tout.   En passant comment vas Ethan ?

_ je peux te dire qu'il va alors que ce n'est pas le cas alors mieux tu l'attends pour le lui demander directement.

Nancy sentit que Sonia n'était pas très à l'aise lorsqu'elle abordait le sujet d'Ethan alors elle sut que le couple traversait une mauvaise passe. Elles restèrent silencieuses une heure puis une personne entra et rompit le silence.

_ oh, oh femme stérile que fais-tu ici ? dit maman Anne à Nancy tout en lui arrachant le bébé des mains.

_ bonsoir maman bonne arrivée.

_ merci ma fille tiens cette enfant.

_ maman c'est pas parce-que je ne parle que vous

pensiez que je cautions toutes vos bêtises. Etant votre belle fille je me retenais beaucoup pour ne pas vous répondre mais maintenant je suis libre alors laisser moi en paix.

Maman s'approcha d'elle et lui mit une bonne claque.
_ tu es chez moi alors baisse d'un ton petite pute, dans ta jeunesse tu avais passé

ton temps à avorter maintenant voilà le résultat t'es stérile et incapable de faire un enfant.

_ après vous allez vous dire chrétienne ? une chose est sûr même si j'étais une pute avant votre fils m'a aimé ainsi et continue d'ailleurs à le faire. Embrasse les petits de ma part à leur réveille Sonia moi je pars bonne chance pour la suite.

Elle se tourna prit la route. Une fois à l'extérieur elle eut un léger malaise elle avait envie de vomir tandis que sa tête lui donnait le tournis. Elle essaya de retrouver son équilibre en s'accrochant à la balustrade lorsqu'une personne la rattrapa.

_ fait attention !

_ merci williams.

_ bon je vois que tu n'es pas très forme je peux te déposer si tu veux ?

_ non cava aller je ne veux surtout pas que ton frère sache où je vie.

_ je ne dirais rien promis !

_ alors j'accepte volontiers.

Il l'aida à s'installer dans la voiture puis il prit la route. En lui faisant monté dans le véhicule williams avait remarqué la grosse cicatrice qu'elle avait sur tête alors il voulut en savoir plus.

_ comment tu t'es faites cette grosse cicatrice ?

_ j'avais eu un accident heureusement ce n'était rien de grave.

_ ah je me faisais déjà des films. Bon Nancy je voudrais te parler sérieusement d'un truc.

_ lequel ?

_ c'est à propos d'Ethan, depuis que tu n'es plus dans sa vie il est devenu différent il a perdu gout à la vie je t'en prie accorde lui une seconde chance.

_ williams c'est parce que c'est toi que je vais essayer d'être courtoise. Ethan et moi c'est fini c'est plus que de l'histoire ancienne. Et en plus que fera-t'il de Sonia ?

_ il m'a dit qu'en fait il pensait qu'il l'aimait mais ne l'a jamais réellement fait, ils ont même annulé leur mariage car le courant ne passe plus bien entre eux tout ce qui le retiens encore ce sont les enfants.

_ pauvre petite, elle pensait avoir trouver l'homme de sa vie et voici ça qu'elle se

retrouve à souffrir. Williams je ne voudrais pas être à l'origine de leur séparation et en plus il faudrait et ton frère puisse commencer à assumer ses décisions.

_ mais…

_ rien le débat est clos d'ailleurs dépose moi ici c'est bon.

Elle descendit du véhicule et emprunta un taxi pour se rendre chez elle. Après cette visite

Nancy rentra chez elle et s'enferma à double tour. Elle ne sortait que pour le strict nécessaire. Celle situation durant deux long mois qui semblaient durés une éternité. Un jour au boulot Tayler reçu la visiter d'une amie de longue date qui était de passage au pays.

_ bonsoir Tayler comment vas-tu ?

_ je vais bien merci et toi ?

_ je vais également bien, dit-moi comment vont tes deux princesses ?

_ Rainbow va plus que bien mais pour Nancy je ne sais pas trop.

_ que se passe-t-il ?

_ elle est enceinte et a un anévrisme qui risque rompre durant l'accouchement mais elle refuse de faire une IVG.

_ elle est consciente du danger au qu'elle s'expose ?

_ oui mais elle refuse qu'on lui fasse entendre raison.

_ tu ne peux pas contacter une personne proche d'elle ou un membre de sa famille

pour t'aider à lui faire changer d'avis ?

_ Nancy a passé une grande partie de son enfance dans un orphelinat et n'a jamais véritablement connu ses parents bien qu'elle se rappelle tout de même du prénom de son père. Et s'agissant de sa meilleure amie nous avons tout fait mais elle ne change toujours pas d'avis et maintenant il est impossible qu'elle puisse voyage dans son état pour les usa.

_ Tayler je sais que tu aimerais bien qu'elle t'écoute car tu t'y connais mais pour le moment c'est pas d'un neurochirurgien qu'elle a besoin mais toi son ami. Tout ce qui lui faut dans cette situation c'est ton amour, que tu lui montre que peu importe ce qui arriveras tu resteras toujours à ses côtés. Bon je dois te laisser j'ai un rendez-vous urgent.

Il passa une bonne demie heure à réfléchir sur tout ce que venait de lui dire son amie puis sur un coup de tête il décida d'aller s'excuser au prés de celle qui détenait son cœur. Sur le chemin il lui prit un bouquet de fleur et des boites de chocolat. Lorsqu'il arriva chez elle il trouva la porte d'entrée fermé il voulut rentrer mais il se rendit compte que s'il le faisait il allait être lâche alors il fouilla la clé qu'elle lui avait remis mais il se rendit compte en l'essayant qu'elle avait changé la serrure. Ne trouva rien d'autre à faire il s'assit au sol contre la porte.

_ Nancy je sais que tu es à l'intérieur je t'en prie ouvre, je sais que je n'aurais pas dû agir ainsi au lieu de te réconforter je te stressais encore plus. Durant ces deux mois je ne cessais de penser à toi, chaque matin je me demandais si tout allait bien de ton coté si t'avais pas besoin de quelques choses. Tu es là l'amour de ma vie je t'aime et je ne pourrais plus passer une seconde loin de toi. Pardonne-moi ma puce.

Il se levait pour s'en aller lorsqu'il sentit un bruit de clé dans la serrure puis celle-ci s'ouvrit.

_ Tayler ne t'en vas pas je t'en prie reste.

Tayler accouru et la prit dans ses bras puis ensemble ils regagnèrent l'intérieur.

_ tu m'as manqué ! comment vas-tu et la petite ?

_ je vais bien et la petite te demander tout le temps mais elle va bien. Ton ventre est déjà assez gros !

_ la semaine prochaine j'entre dans mon 7ieme mois de grossesse vivement que

j'accouche vite.

_ tu es déjà pressé de te débarrassé de ce petit bout de choux ?

_ oui enfaite je suis fatigué d'avoir mal au dos à longue de journée sans compter que j'ai les pieds gonflés et le visage envahit de boutons.

_ cava passer avec temps dont n'en fait pas tout un drame d'ailleurs je te trouve magnifique.

_ arrêt de me flatter Tayler.

_ bon tu connais déjà le sexe de l'enfant ?

_ oui mais je ne vais pas te le dire d'ailleurs j'ai une visite chez le gynécologue demain tu m'accompagneras ? s'il-te-plait fait le pour moi.

_ bon okay c'est à quelle heure ?

_ 13h

_ je vais essayer de me libérer.

Le lendemain matin comme convenu Tayler venu chercher

Nancy pour se rentre à sa consultation. Le chemin elle avait sans cesse des nausées alors il lui remit un sac en papier pour vomir à l'intérieur. Après un quart-heure de route ils arrivèrent enfin à la clinique du gynécologue qui la suivait. Ils durent patienter un court instant dans la salle d'attente avant d'être reçu.

_ bonjour madame Nancy et monsieur…

_ Tayler

_ merci et monsieur Tayler vous pouvait prendre place.

_ Nancy comment allez-vous depuis la dernière visite ?

_ j'ai le visage en feu les jambes qui me font souffrir le matir mais cava.

_ bon je vais relever vos paramètres puis l'on ira en dans la salle d'à côté pour faire l'échographie.

Après avoir pris ses paramètres Nancy alla s'allonger dans la salle d'à coter pour qu'il procède à l'échographie. Durant tout ce processus Tayler ne lui lâcha pas une seconde. Il était à ses coté et lui tenais la main. Lorsqu'il termina elle se rhabilla et retrouva le médecin dans son bureau.

_ bon votre bébé se présente par le siège alors l'on doit décider maintenant de la manière avec laquelle vous donneriez naissance. Vous si avez déjà pensé ?

_ je voulais lui donner naissance naturellement.

_ c'est risqué au vu de votre anévrisme alors je préfère vous conseiller une césarien mais si jamais la situation évolue et il se met en position normal vous pourriez donner naissance par voie naturel mais sous péridurale. Réfléchissez-y on se voit dans deux mois.

Nancy et Tayler quittèrent le bureau l'un blotti contre l'autre.

_ tout ce qui reste à faire c'est de croisé les doigts. Lança Tayler.

Tayler passa une bonne journée avec Nancy puis il dû rentrer car il se faisait tard. Après cette sortie ils recommencèrent leurs activités du quotidien comme, faire des balades et diner ensemble. Deux semaines avant son accouchement Tayler lui proposa de s'installer avec lui pour qu'elle soit plus en sécurité. Elle refusa au début mais elle finit par accepter fut son insistance.

Un soir il l'invita à diner car il avait une surprise pour elle. Il lui envoya un chauffeur pour la conduire jusqu'à un restaurant qu'elle aimait beaucoup un traiteur italien.

_ Tayler pourquoi as-tu fait tout ça ?

_je voulais être dans un cadre un peu plus calme pour discuter de certains sujets

avec toi.

_ comme ?

_ depuis un moment je m'interroge, la date approche à grand pas mais t'as

toujours pas trouver un prénom pour le bébé qui arrive.

_ si j'en ai un, je compte l'appeler june si c'est une fille et quelque chose me dit que c'est une fille car elle aime bien le rose.

_ qu'es c qui te le fait croire ? moi je sais que c'est un garçon et il s'appellera Hayden.

_ alors là le papa est plus impliqué que moi ! je comprends pourquoi tu veux que j'accouche vite.

_ oui j'ai hâte de l'apprendre à draguer, jouer au basket et autre.

_ non, non et non je ne suis pas d'accord.

_ je ne demande pas ton avis je t'informe juste. En passant pourquoi june ?

_ juin a été le mois durant lequel j'ai repris confiance en moi, j'ai su que je n'étais tout ce dont on me traité et il m'a également permis de me rendre compte qu'il ne faut jamais désespérée. Etant donné que ce mois importait beaucoup pour moi je voulu symbolisé le coup en lui donna june question de s'en cesse me rappeler de ce mois mémorable.

Par la suite ils restèrent silencieux durant tout le restant du diner puis Tayler sourit et leva

la tête.

_ la seconde chose que je voulais te demander est un peu complexe alors je ne sais pas comment le dire.

_ vas-y lâche le morceau !

_ je réfléchis à cela depuis un moment et maintenant je pense que c'est le bon moment.

Il se leva s'approcha de la chaise de Nancy et posa l'un de ses genoux au sol. Ensuite il leva la tête et fixa Nancy dans les yeux tout en sortant une bague de sa poche.

_ veux-tu m'épouser ?

Nancy n'arrivait pas à le croire, elle était tellement émue qu'elle finit par laisser couler quelques larmes.

_ Tayler je t'aimes bien mais je ne peux pas accepter ta proposition je suis désolé.

_ pourquoi ?

_ je t'aime mais je pense que toi tu fais un transfert sur moi des sentiments que tu

ressentais pour ta défunte épouse. Prend du recul et tu verras que j'ai raison.

Nancy se leva et quitta le restaurant. Tayler la suivit jusqu'au parking mais il trouva qu'elle était déjà montée dans un taxi dans une direction inconnue.

J'avais essayé de comprendre sa décision mais je n'y arrivais toujours pas malgré tous les efforts que je faisais. Ce soir fut la dernière fois que j'eus posé les yeux sur elle, bien après j'avais essayé d'aller à sa rencontre pour obtenir plus d'explication mais à chaque fois je me désistais en chemin. Je ne pouvais pas me faire à l'idée de la voir sans pouvoir la prendre dans mes bras, sans pouvoir sentir ses lèvres contre les miennes.

Pour comprendre ce qui m'arrivait je du consulter un psychologue et me fit savoir qu'effectivement je faisais un transfert sur personne mais tout fois je ressentais tout de même un truc pour elle. Il me fallut une bonne semaine pour accepter tout ça et décider de reprendre tout à zéro.

J'étais assis un soir sur la terrasse lorsque Rainbow arriva avec mon portable qui était entrai de sonné, aussitôt sans prendre le temps de vérifier le numéro je décrochai.

_ allo

_ Tayler je t'en prie le bébé arrive j'ai besoin de toi !

_ tu es où ?

_ je suis à la maison fait vite je t'en prie.

Je senti rien qu'en écoutant sa voix qu'elle souffrait le martyre alors je me hâtai d'aller la récupérer pour la conduire dans une clinique. Durant tout le trajet elle se tordait de douleur dans la voiture et pleurais même à chaude larme. Par chance ce jour l'on ne trouva pas de bouchon sur la voie ce qui nous permit d'arriver dans les temps.

Une fois la voiture garer un brancard récupéras Nancy pour la transporter en salle d'accouchement. J'avais prier le soin de l'amener dans une clinique réputée que dirigeait l'un de mes camarades de promo, alors on la mit au petit soin. Pour atténuer la douleur on lui administra de la morphine mais à faible dose et l'on contrôlait également son activité cérébrale pour pouvoir au moment opportun déceler une probable rupture d'anévrisme.

Elle ne voulait aller seule en salle d'accouchement alors demanda que j'entre avec elle pour lui tenir la main et la rassurée. Une fois en salle le médecin me prit de côté pour discuter car il savait que c'était un cas très compliqué.

_ je pense qu'on va hotter pour une péridurale ?

_ oui effectivement.

Dans la salle il avait installé un électroencéphalographe pour enregistrer l'activité électrique spontanée des neurones du cortex cérébral. Avant qu'on lui fasse la péridurale le gynécologue en charge prit son stéthoscope pour vérifier le rythme cardiaque du bébé car Nancy avait une respiration anormale. Il répéta le geste pour une seconde fois puis leva.

_ prenez le bloc 2, le bébé est en souffrance nous devons faire une césarien de tout

urgent pour le sortir de là.

Nancy était toute paniqué mais je serrai sa paume de main contre la mienne pour la rassurer que tout allait bien de passer ainsi on alla se préparer et direction le bloc opération. Pour l'aider dans sa tâche le gynécologue appela l'un de ses confrères obstétricien. Nancy avait déjà bénéficié d'une péridurale alors on lui administra en complément par le cathéter de dose plus concentrées en anesthésique dans ce cas l'on parle d'extension de péridurale.

Une fois tout fait dans l'ordre l'obstétricien prit un bistouri et incisa la paroi abdominale

(laparotomie) ensuite il procéda à celle de l'utérus pour pouvoir libérer le bébé (hystérotomie).

Une fois les deux incisions faites l'un des internes l'assistait en salle se chargea d'appuyer doucement sur la paroi abdominale de manier à pousser le bébé vers la sortie.

Une fois ce dernier hors de sa maman il sutura l'utérus et la paroi abdominale. Après trente de minute de stress non-stop l'on entendit enfin le cri du bébé qui sonnait comme une cloche de délivrance. Tout le personnel en salle était heureux et souriait tout en nous souhaitant les meilleurs vœux pour le nouvel arrivant. Après avoir nettoyé le bébé l'on le mit dans les bras de Nancy qui était toute submergé par les émotions et n'arrivait même pas à s'exprimer correctement lorsque tout la coup l'électroencéphalographe se mit à biper puis simultanément sans que l'on ne s'en rende compte elle se mit convulsé. Son activité cérébrale chutait à une vitesse folle que l'on ne put rien y faire.

Nancy était inconsciente et tous les appareils de la salle bipaient dans tous les sens, le spectacle était horrible. Pour pouvoir mieux analyser la situation je remis le bébé à une sagefemme qui se trouvait dans la salle puis me mit à réfléchir. Et juste en une fraction de seconde je me rendis compte de ce qui se passait. Son anévrisme venait de rompre et l'on devait tout faire pour contenir l'hémorragie qui se propageait dans son cerveau au risque de la perdre.

J'ordonna qu'on prépare une salle tandis que j'essaya de joindre mon camarade qui travailler dans la clinique qui était également un neurochirurgien qualifier.

Il arriva une dizaine de minute plus tard et l'on entra au bloc, la rupture de l'anévrisme lui avait provoqué une hémorragie sous arachnoïdienne ce qui voulais dire que l'hématome se situait dans le cerveau entre l'arachnoïde (l'une des trois méninges situées entre la dure-mère qui est externe et la pie-mère qui est interne) et le tissu cérébral. L'hémorragie cérébrale avait augmenté la pression à l'intérieur du cerveau de Nancy. Le sang et l'apport d'oxygène au cerveau était troublé alors il fallait rapidement y remédier. L'on fit à l'aide de perceuse orthopédiste un trou

sur boité crânienne ensuite on augmenta son apport en oxygène que lui à portait le respirateur.

Pour éviter que le saignement se propage dans sa tête on dut lui faire un clippage d'anévrisme. Je fis une incision en forme de<<C>> derrière la ligne des cheveux. Aucun rasage était nécessaire car l'incision était directement réalisée sur le cuir chevelu. En suite en l'aide d'une petite scie électrique Daniel mon ami retira une portion d'os du crane pour créer un volet osseux qui nous permis d'avoir une fenêtre sur le cerveau.

Il avait beaucoup de sang alors l'un des résidents en médecine qui nous assistait dut se charger de l'aspiration de tout ce sang. Elle perdait énormément de sang alors on envola une infirmière aller prendre trois unité de sang à la banque de sang de la clinique. Une fois la voie dégager l'on explora le cerveau à l'aide du camera microscopique pour localiser le saignement. Une fois cela fait l'on dégagea délicatement celui-ci en effectuant une microchirurgie effectuée à l'aide d'un microscope.

Après l'on posa trois pinces métalliques appelées <<clip>> à la base de l'anévrisme pour qu'il ne soit plus rempli de sang. En volant refermer l'on se rendit compte que la rupture d'anévrisme avait provoqué une hydrocéphalie ce qui veut dire que le sang bloquait la circulation la circulation du liquide céphalo-rachidien qui entoure le cerveau et la moelle épinière. Ceci avait causé des dégâts sur son lobe pariétal l'on tenta de contrôler cela mais il s'était déjà répandue.

L'on essaya tout ce qui était possible avec le plateau technique qui était à notre disposition mais se fut juste une grosse perte de te temps. Après 8h passer au bloc on lâche le coup alors l'on remit en place le volet osseux à l'aide de vis en métal. Par la suite l'on recousu le cuir chevelu en utilisant des agrafes. Lorsqu'elle sorti du bloc elle était dans le coma et l'on doutait qu'elles puissent un jour se réveiller car une grande partie de son cerveau avait été touché.

    Après cette opération je tombai dans une dépression qui dura des semaines, je n'arrivais plus à trouver le sommeil car je m'en voulais d'avoir échouer lors de cette opération. Chaque fois que je partais la voir je ne pouvais pas rentrer sans verser une petite larme mais je me devais d'être fort pour nous. Après son intervention l'on lui mit sous acétaminophène, antiinflammatoire et analgésique à base de morphine.

Au bout de trois mois passer dans cette état il était clair que son cerveau ne pourrait plus réagir alors car elle était en état de mort cérébrale et vivait grâce à une machine. Je savais qu'elle n'aurait pas voulu vivre ainsi alors je programmai un jour pour la retirer sous oxygénothérapie.

    Nous tous savions que s'allait être la fin alors j'entendit qu'Ashley puisse se libérer pour venir lui faire ses au revoir. Tout le temps qu'elle passa hospitaliser elle reçut la visite de nombreuse personne comme williams, Ethan, Sonia et les petits qui ne marquaient jamais un instant pour passer un coup de fil et prendre de ses nouvelles. Pendant ce temps mois je devais jongler entre garde malade, papa et chef d'entreprise ce qui n'était pas chose facile mais je devais m'y faire.

La veille de son débranchement j'étais aller avec les filles passer du temps avec elle à l'hôpital. Etant pris dans les jeux, et les différents coups de fil que je recevais je ne me rendis pas compte qu'il était pratiquement 22H alors je décidai de raccompagner les enfants à la maison pour pouvoir revenir passer la nuit avec elle. Nous étions entrain de quitté la pièce lorsque

Rainbow me dit que Nancy venait de faire bouger l'un de ses doigts.

Au départ je me suis dit qu'il s'agissait certainement d'un produit de son imagination alors je ne fis pas attention. Mais la petite insistait tellement que je prie la décision de l'amener pour qu'elle se rende compte d'elle-même que Nancy n'était pas en mesure de faire ce qu'elle insinuait. Une fois de retour dans la chambre je tombai de haut, Nancy était bien éveiller et semblait être en pleine forme.

Elle nous serra dans ses bras puis prit le bébé contre elle, elle avait bonne mine et ne ressemblait plus à une personne qui avait vu la mort de prés. Etant donné le cas majeur je décidai que Rainbow pour une fois allait manqué l'école avec ma permission. Nancy avait des légers problèmes d'audition et de parole mais à part cela tout semblait aller comme sur des roulettes.

Le lendemain matin Ashley nous visita et fit tout heureuse de voir son amie en forme. Elles passèrent la journée tout entière à discuter puis en une fraction de seconde Nancy perdit connaissance. J'étais au bout du couloir lorsque cela se déroula alors j'accouru dans la pièce mais il était déjà trop tard. Nancy l'amour de ma vie celle qui avait réussi à me faire sourire de nouveau venait de rendre l'âme. Ashley était inconsolable tandis que pour ma part je me rendis compte de tout ce qui venait de se passer. Nancy avait été sujet à ce que l'on appelle un regain d'énergie.

* * *
* *
* * * *

Nancy n'avait pas de famille autre que Tayler et Ashley alors l'on préféra l'incinérer pour ensuite pouvoir repandre ses cendres lorsque sa fille aurait 18ans.neamoins Tayler organisa une cérémonie pour l'on puisse lui faire nos adieux. Pour la cérémonie il convia tout ceux qu'elle avait côtoyé de près comme de loin. Ce jour fut l'un des plus difficile de sa vie mais il devait y faire face une bonne fois pour toute. Il avait passé toute la nuit a pleuré alors il mit des lunettes pour cacher ses yeux gonflés.

Une fois les filles prêtent ils se rendirent au lieu où allait se dérouler la cérémonie. Lorsqu'ils arrivèrent ils trouvèrent déjà sur place Ethan, Sonia, williams et Ashley qui était consolable. Après s'être installer le prêtre fit sa messe puis fut le tour des témoignages. Rainbow lui avait écrit un petit mot pour elle :<< tata Nancy depuis ton départ papa ne cesse pas de pleurer à la maison mais je sais que ça ira car tout comme maman t'es là-haut et ensemble vous prendriez soin de nous>>. Tout le monde dans l'assistance ne peut s'empêcher de couler une petite larme.

Après Rainbow Ashley monta et prit la parole.

_ bonjour à tous avant tout je tenais à vous dire merci d'être venus à cette cérémonie. Moi personnellement je n'ai rien à dire car dieu seule sait comment mon cœur meurtri par cette personne mais Nancy elle oui. Lorsque j'étais la voir le jour de sa mort l'on discuta pratiquement de tout et de rien jusqu'à ce qu'elle tombe sur le sujet d'une lettre. Tout perplexe je lui demandai de quoi il était question et elle me répondit qu'elle l'avait écrite au cas où tout ne se déroulais pas comme des roulettes et me fit promettre que s'il arrivait qu'elle meurt je me devais de la lire devant vous tous ensuite de la remettre à Tayler pour june. Voici le contenu de cette lettre :

Bonjour ou bonsoir selon l'heure à laquelle on lira cette lettre.

J'ai tant de chose à dire mais je vais commencer par la toute première Ethan. Lorsque l'on s'était connu je n'avais que 18ans et j'étais encore toute naïve. Grace à ton franc parler tu as su conquérir mon cœur et me faire oublier tout le mal que j'ai vécu dans le passé et pour cela je t'en suis reconnaissante. Après 4 longues années de relation tu avais enfin prit la résolution de me mettre la bague au doigt. J'en étais ravie car les chose allait si vite entre nous, on fonçait mais toujours sans regarder. Normalement lorsque l'on tient à s'engager dans une relation l'on se doit d'étudier tout et l'on doit prendre également tout en compte. Ta mère me détestait à mourir car je n'avais pas de parent en vie sous prétexte que je les avais tués raison pour laquelle elle m'appelait sorcière à contre temps que ce soit en public ou en huit clos.

Je pensais que cela allait la passer mais au contraire ça ne faisait qu'empirer à chaque fausse couche que je faisais. Peut-être toi tu ne les comptais pas mais moi si en pratiquement 11ans de relation j'ai fait plus d'une vingtaine de fausses couches. À chaque fois t'étais là pour me réconforter dire que ça ira mais je savais qu'au fond de toi ça n'allait vraiment pas.

Ethan je t'ai aimé de tout mon cœur mais tu m'as trahi je sais que pour toi faire un enfant était plus que nécessaire mais t'étais-pas obliger de le faire dans mon dos. Si tu m'avais parler de ça bien avant on aurait certainement pu éviter la séparation mais hélas tu as profité de la confiance aveugle que j'avais pour toi. Après cette trahison j'ai énormément souffert, j'essayais de te donner raison chaque matin lorsque je me réveillais mais tu faisais toujours un truc pour me rabaisser et me traiter comme une moins que rien.

J'ai dû te détester pour mieux m'aimer. Tu as été le centre de ma vie puis tu la quitté. néanmoins je te remercie pour tout ce que t'as eu à faire pour moi.

Ashley ma copine ma jumelle celle avait qui je partage mes peines comme mes joies, les mots me manque pour exprimer tout ce que je ressens pour toi. Je t'aime prend soin de toi ma puce.

Tayler le beau gosse mon bébé mon amour, celui qui a réussi à me prouver que j'étais capable d'aimer de nouveau. Tu as su me redonner le sourire même lorsque tout n'allait pas. Je sais que tu prendras bien soin de notre fille oui je sais que tu te poses des questions présentement mais sache que pour moi june est aussi bien ma fille que la tienne. Tu te rappelles de cette soirée où tu m'avais demandé en mariage ? si non moi je me rappelle de cela comme si c'était hier. Je suis désolé de t'avoir blessé mais sache que bien que je t'aimais je ne voulais pas te faire revivre cette souffrance d'être veuf et père célibataire. Je t'aime et je voulais passer tout le restant de ma vie avec toi mais hélas cette maladie et venu brisé tout ce que j'avais mis tant de temps à construire. Je sais que tu te dis que tout ceux-ci c'est de ma faute et oui sache que c'est de ma faute. Je savais très bien qu'il avait une alternative qui pouvait fonctionner mais je tenais à honorer l'une de mes promesses que j'avais faite dans le passé.

Je sais que mon départ t'attriste au plus haut point mais dis-toi que je suis dans un lieu où je ne souffre plus. Lorsque l'envie de pleurer viendras regarde juste june et ton sourire reviendra aussitôt crois moi. Je ne sais pas à quoi elle ressemblera mais je me dis qu'elle sera ma photocopie c'est vouloir me vanter.

Maintenant le meilleur pour la fin, june ma princesse je ne sais pas à quoi tu ressembleras mais sache que peu importe ce que l'on dira sur toi tu resteras et demeureras une femme forte comme ta maman. Ma puce j'aurais voulu être avec toi lors de tes premiers pas, suivre le premier mot que tu prononceras mais hélas la chance n'est pas été de mon côté néanmoins sache que je t'aime peu importe ce qui arrivera.

J'ai tenu à vous écrire c'est quelques mots pour vous dire que peu importe ce qui adviendra je vous aime. Prenez du temps pleurer une bonne journée plus passer à autre chose car vous avez une longue vie devant vous. Ashley, Tayler, june sans oublier ma petite Rainbow vous êtes ma raison de vivre et vous resterez toujours dans mon cœur. Je vous aime.

Nancy

Deux semaines après la mort de Nancy Tayler n'est pouvait plus il sombrait petite à petite dans la dépression. Alors Ashley qui était encore au pays profita de l'occasion pour lui rendre visite. Lorsqu'elle arriva elle se trouve sur la terrasse un verre à la main et à côté de lui se trouvait la poussette de june.

_ bonsoir Tayler comment vas-tu ?

_ bonsoir Ashley cava pas très fort et toi ?

_ pareil. Tayler je suis venus te voir car je sais ce que tu traverses et je te demande

d'être fort pour les petites je t'en prie.

_ chaque fois que je lève le matin s'est avec l'espoir de pouvoir retrouver son

doux visage à mes coté mais à chaque fois la réalité me rattrape toujours. Je ne veux plus vivre je suis fatiguée de cette vie qui a décidé d'emporter tous ceux qui compte pour moi.

  _ non ne dit pas ça cava aller c'est juste un bien pour un mal d'ailleurs dit toi qu'il te reste tes deux magnifiques petites filles.

  Ashley le prit dans ses bras il se rendit à cuisine pour prendre un verre d'eau. Après sa visite il se fit suivre par un psychologue et au bout de quelques mois il retrouva la raison. La maison lui rappelait trop de souvenir alors il retourna avec les filles s'installer au usa. Avant de quitter le pays il mit une personne de confiance à la tête de son entreprise et retourna à sa profession d'origine une fois aux usa.

Un remerciement special a tout mes lecteurs plus particulierement nancy sango , tam nlend , ngo mahop ines sans oublie le club de lecture gotham. Merci ne serais etre suffisant pour exprimer toute ma gratitude envers vous !

About the Author

Giovanni nkomane

Giovanni nkomane est une jeune camerounais de 18 ans étudiant à l'african leadership academy en Afrique du sud. son aventure avec l'écriture débute il y'a trois ans lorsqu°il écrit sa première nouvelle et depuis lors il n'a plus arrêté.

www.ingramcontent.com/pod-product-compliance
Lightning Source LLC
LaVergne TN
LVHW041534070526
838199LV00046B/1667